三國風雲之

曹賊

卷之陸

初生犢不畏虎

庚新 著

超合金叉雞飯 繪

卷陸 目錄

人物
呂布
許褚
曹操
典韋
魏延
曹朋

章一　海西縣的下馬威

建安二年九月，曹操討伐袁術。

原本應該是一場極為輕鬆的戰事，可由於天氣的原因，使得戰況發生了出人意料的變化。暮秋以來，兩淮淫雨綿綿，糧道徹底癱瘓，使得曹軍面臨絕糧危機。

不得已，曹操只好命人將大斛換成了小斛，以緩解糧荒，但如此一來，又使得軍士不滿，險些營嘯。幸好曹操及時調整，又殺了糧官王垕，才算是穩住軍心。同時，曹操又命人向孫策借糧，度過了這一場危機……也正因此，曹操下定決心要速戰速決，於是命麾下兵馬加緊攻勢，對袁術展開了凶猛的攻擊。同一時間，孫策、呂布、劉備也紛紛行動，征伐袁術！

章一 海西縣的下馬威

時值初冬，海西縣城東一片重巒疊嶂。四乘馬車正穿山越嶺，朝著城池方向迤邐而行。第一乘車上，鄧稷背靠著書箱，坐在鋪蓋上。曹朋則倚著一捆布帛，半瞇著眼打盹。

從陳留至海西，路途遙遠。在豫州境內，甚至兗州境內，尚有亭驛可以休整。進入徐州以後，百里不見一亭，許多地方呈現出荒涼之色，有的時候走上半天也未必能見到一座村落……

人常言徐州錢糧廣盛，是富庶之地。

如果在治世，這裡的確是一個好去處。但在亂世裡，徐州可不是安全之所，它坐擁兩淮，勾連南北，通衢八方，是兵家必爭之地。自中平元年以後，徐州就是戰亂不止，盜匪過了官兵來，官兵走了盜匪歸，你爭我奪，不死不休。

至陶謙坐鎮徐州後，情況多多少少得到了好轉，可又因為曹嵩之事，徐州再一次遭受兵禍。曹操為父報仇，誓要血洗徐州，所過之處雞犬不留，使得徐州人不得不背離家園，逃亡別處；而後劉備得徐州，呂布前來投；袁術打劉備，呂布奪徐州……如此反反覆覆，數年間使得一個富庶之地變得殘破不堪。

由於呂布和劉備都在協助曹操討伐袁術，所以徐州治下的守衛並不算嚴密。鄧稷一行人很輕鬆的便穿行下邳，進入廣陵郡治下。但一路的顛簸，卻使得所有人都顯得筋疲力盡……

典滿、許儀和王買，正枕藉羅幃篷車上，蓋著被子，合上眼皮，發出如雷鼾聲，睡得正香甜。

在曹朋那輛馬車的後面，還繫著一匹毛髮雪白的寶馬良駒。馬，身長一丈有餘，膘肥肌腱，雄壯非常。碗口大的蹄子，四肢雄健。馬脖子上的鬃毛，略有些發黃，但不是那種病態的黃色，而是天然如此。奔跑起來，馬鬃飄飛，極為壯觀。

這匹馬，本是夏侯淵心愛的坐騎，卻不知道是出於什麼心思，送給了曹朋。

馬名『照夜白』，與許儀那匹黑龍同屬一支，但如果單純以血統論，猶勝過黑龍一籌。

曹朋也非常高興。生於三國，若無一匹好馬，豈不是空來一遭？

只是，這麼一匹神駿的照夜白，此刻也有些無精打采。

鄧稷突然放下手中的書卷，拿起一根竹杖挑車簾喊道：「胡班，還有多久才能抵達海西？」

趕車的青年正是那高陽亭的盜馬賊，胡班。

雷緒的事情結束之後，鄧稷也沒有把胡班、小五他們的事情呈報上去。按道理說，這件事不了了之，胡班也就自在了！可他卻生出了跟隨鄧稷的心思。

胡華很贊成他的想法，畢竟若胡班繼續留在高陽亭，恐怕會惹出禍事來。所以當胡班提出此

章一

海西縣的下馬威

事，胡華也是苦苦哀求鄧稷，才算讓鄧稷點頭答應。

此時，已是日薄崦嵫，暮靄沉沉。

「老爺，翻過前面的山梁，再過一個河灣，就到海西了。」胡班趕著車，回頭答道：「如果不是路上壞了車軸，說不定咱們這會兒已經在海西縣城裡了！」

「那還要多久啊？」曹朋睜開眼睛，打了哈欠。

「一個時辰吧？」胡班有些猶豫，「如果順利的話，用不了一個時辰，就可以抵達。」

曹朋的情緒有些焦躁，直起身子，掀起車簾，便鑽了出去。

「阿福，你幹什麼去？」

「放水！」

曹朋頭也不回，跳下馬車。鄧稷也看出來了，曹朋是真累了，這人累得狠了，脾氣就容易暴躁。其實他自己何嘗不是如此？

「胡班，停下車，讓大家歇息片刻。」

「喏！」胡班答應一聲，連忙呼喝起來。

車仗前方的騎士，一個個勒住了戰馬。周倉催馬過來，低聲道：「公子，咱們不走了嗎？」

「先歇息一下，大家吃點乾糧，喝點水……估計還得一個多時辰，咱們到縣城裡再好好休息。」

看了一下周圍，周倉濃眉一蹙，心裡有些不太情願。路旁榛莽芊綿，荒涼蕪穢，頭頂上松柏陰翳，夭矯婆娑。本就不太好走的道路，變得更加暗淡。在這種環境下，很容易出事。

周倉搔了搔頭，扭身喊道：「夏侯，掌燈！」

夏侯蘭答應了一聲，便和鄧範跑去準備火把。

周倉還想要再勸說一下鄧稷，盡量不要在這種地方停留。這時候，就見典滿迷迷糊糊，揉著眼睛從車上下來。

「滿少，您這是作甚？」

典滿有氣無力的回答：「不是歇息嘛，我放放水，洗把臉，吃點東西。」同時，他朝著旁邊的林子走去，一邊走還一邊嘀咕：「他娘的，這算是什麼狗屁道路……」

長這麼大，典滿還是第一次遭受這種顛簸之苦。

典滿一邊嘟囔著，一邊走到了曹朋身邊。和曹朋並排站在一起，解開腰帶，掏出傢伙來，衝著草叢裡開閘放水。

感覺好怪異……

曹朋有種很熟悉的感覺，下意識側眼一掃，嘴巴撇了撇，而後提起褲子，把腰帶繫好：「三哥，早和你說過，不讓你來。你非要湊這熱鬧，知道好歹了吧。」

「呸！」典滿扭頭說：「我這是我關心我小弟弟。」

他這個『小弟弟』，指的是曹朋。不過，對於穿越而來的曹朋而言，『小弟弟』三個字可是隱藏著太多含意。曹朋臉一抽搐，正準備開口反駁，耳邊忽而傳來一聲『喀嚓』輕響。

這聲響很弱，若非曹朋耳聰，估計也聽不見。

說起來，典滿的功夫比曹朋更深，但這會兒剛睡醒，整個人還糊塗著，加之放水放得正爽，就沒有留意到這一聲幾乎不為人所注意到的聲息。

毛髮森然，曹朋頓時生出一種警兆，眼角餘光似掃到了林中星芒一閃。

「三哥，小心！」曹朋立刻撲出，將典滿撞翻在地，一枝利矢貼著他的後背掠過，蓬的正中馬車的車轅。

「敵襲！」曹朋撞翻了典滿之後，大聲叫喊。未等他喊完，就見兩個人影從林中竄出，手中拎著長矛，二話不說便朝著曹朋和典滿投來。

曹朋抱著典滿，就地一滾，兩支長矛落空，刺在地上……

「三哥，保護我姐夫！」曹朋大喊一聲，猛然回轉，又滾了回去。

從林中竄出來的兩個人，還沒來得及拔出長矛，曹朋就滾了過來。喀嚓將長矛壓斷，順著那股力道，一個鯉魚打挺便跳了起來。與此同時，道路兩旁的樹林裡又竄出了幾十個人，一個個全都是面罩黑巾，而且手裡還拿著兵器。

一個許家扈從騎在馬上，還沒等反應過來，就被竄出的兩個人抓住腿，一下子掀翻馬下。旋即兩個手持長矛的賊人衝上來，挺矛就刺。扈從一個躲閃不及，便被長矛刺穿大腿。

「啊……」淒厲的慘叫聲，在空中迴盪。

人喊、馬嘶，剎那間山路上混亂不堪。

「列陣，列陣迎敵！」夏侯蘭大聲呼喊。

這時候，鄧稷的這些隨員一個個也都反應過來，有的立刻跳下馬，有的從車上竄出來。

曹朋壓斷了對方的長矛，剛站穩身形，兩個賊人揮舞斷矛就撲向了他。不過，曹朋一眼就能看出這兩個人並沒有什麼功夫，完全是莊家把式，亂打而已，所以他也不緊張，腳踩陰陽，閃身從兩根斷矛間躲過去，就到了那兩個賊人身前，口中發出一聲震攝人心的低吼，令兩個賊人心神一顫，行動間自然也有了個遲緩。

說時遲，那時快，曹朋雙拳轟擊，狠狠的打在兩個賊人的胸口上。就在他準備上前再次出手時，耳邊忽聞弓弦響，曹朋嚇得連忙閃躲，一枝利矢從他耳邊掠過。

「操，這是哪來的剪徑毛賊！」典滿怒聲吼道。他雙手提著濕答答的褲子，迅速繫好了大帶，臉上流露出暴怒之色，口中咆哮不停。他剛才正放水時被曹朋撲倒，以至於褲子上濕淋淋的。長這麼大，還沒遇過這麼難看的事情……

典滿從地上抄起一根斷矛，風一般衝入敵群，斷矛揮舞，呼呼作響，把那些賊人打得抱頭鼠竄。與此同時，扈從隨員們也冷靜下來，迅速擺好了陣勢，將馬車圍住。

鄧稷探頭出來，「阿福，何方毛賊？」

「姐夫，回去！」

曹朋大叫一聲，鄧稷連忙縮頭。就在他剛縮頭的剎那，一枝利箭呼嘯而來，正中車篷邊上的木桿。

「林子裡有弓箭手！」

許儀和王買也從馬車上下來，聽到曹朋的呼喊聲，兩個人二話不說就衝進樹林之中。

鄧稷被嚇出了一頭冷汗。不過他也知道，這個時候出去也幫不上忙，於是就趴在車上，隔著車窗喊道：「阿福，小心一點。」

曹朋則顧不得許多，朝著夏侯蘭和周倉說：「周叔、夏侯，不要殺人，要活口，要活口！」

「公子，您就放心吧。」

周倉和夏侯蘭如同兩頭猛虎般，衝進了人群中。扈從們則飛快的散開，呈扇面形狀，迅速將對方包圍起來。這些剪徑的毛賊，並沒有什麼戰鬥力，只是靠著突襲和人多，所以顯得凶猛。失去了弓箭手的掩護，賊人們頓時亂了，典滿等人打倒了十幾個人，其餘的則被扈從隨員們制住，繩捆索綁的按在了地上，不時發出哀嚎。

曹朋見局勢穩定住，輕輕出了一口氣。

林中，傳來兩聲兵器交擊的聲音，旋即便鴉雀無聲。

「姐夫、濮陽先生，可以出來了！」

鄧稷和濮陽闓慢慢走下了馬車，鄧範則指揮著人，點著火把照明。

「阿福，這裡應該已經是海西治下了吧？」鄧稷劍眉一擰，沉聲問道。

「嗯，應該算是海西治下。」

「你說，會不會是……」

曹朋知道鄧稷想說什麼，連忙擺手，「姐夫，這幫人毫無章法，不過是一群烏合之眾。」

「這地方，可真亂！」鄧稷說罷，扭頭向濮陽闓看去。「濮陽先生，真是抱歉，把您捲入這種是非，受了驚嚇。」

濮陽闓卻笑了，搖了搖頭，「叔孫，你我既然同行，又何必說這種客套話？呵呵，比這更可怕的事情我也曾見過，這些毛賊又算得了什麼呢？」

濮陽闓這番話可不是吹牛！想當初黃巾之亂，他被迫從賊，曾見過賊人屠戮村鎮的慘狀，更領教過官軍殺人如麻的殘忍。說起來，他也是從死人堆裡爬出來，這種小場面還真不看在眼中。

鄧稷不由得笑了，和濮陽闓交談兩句，上前從車架上拔下了那枝利矢。就著火把的光亮，他看了一眼，隨手遞給了濮陽闓。

「是官造雁翎？」

曹朋聽聞，連忙走了過去。

漢代的箭枝，分官造和私造兩種。顧名思義，一個是合法的，一個是非法的……官造箭枝，清一色赤莖白羽。濮陽闓手中的這枝箭矢，是典型的官造箭。曹朋接過來，在手裡掂量一下，又還給了鄧稷。

「周叔，傷亡如何？」

「傷了六個人，其中一個重傷。」周倉檢查了戰場後走過來，手裡拎著一把繯首刀，遞給了曹朋。

「官造刀？」曹朋接過來一看，臉色更加陰沉。八斤重，典型的官造制式。刀脊上還有銘文：癸酉年三月，盱眙魯造。

盱眙，又見盱眙！

曹朋深吸一口氣，剛要開口，見許儀和王買拖著一個人，從林中走出來。

「阿福，這傢伙還真難對付！」許儀大聲說道：「滑得好像鬼一樣，若非虎頭幫忙，險些被這傢伙跑了。」

他手裡還拎著一副弓箭，走到曹朋身邊後，扔到了車板子上。王買則將那個人丟在地上，招手讓兩個扈從上前把那人捆綁起來。很顯然，這個賊人是被打昏了過去，一動不動。

曹朋拿起那副弓箭，引了一下弓，輕聲道：「四石弓，這傢伙的射術可不差。」

「嗯，剛進林子裡的時候，險些被這傢伙傷了。」王買說著，還展示了一下衣服上的口子。

很明顯，是被箭矢刮破。

鄧稷不免憂心忡忡，輕聲道：「阿福，看起來海西的情況，比我們想像的還要糟糕啊！」

曹朋點點頭，沒有出聲。

「叔孫，此地非久留之地。依我看，咱們還是趕快趕路，到城裡再說。」

「那這些人……」

「捆起來，扔到車上。」

經過了這一番變故，所有人的睏倦之意都一掃而空。

鄧稷想了想，便依著濮陽闓所說的，把賊人看押起來，而後紛紛上馬，沿著山路繼續前行。

看著霧濛濛的群山，曹朋心裡也隨之變得有些沉重。還沒有到海西，便出了這麼一檔子事，看起來，這小小的海西縣城裡，還真是暗流洶湧！

「公子，上馬吧。」胡班牽著照夜白，走到曹朋身邊。

曹朋也不贅言，翻身跨坐馬上，「胡班，快點跟上去！」

車隊翻過山梁，越過河灣。須臾，海西城西門箭樓上映在夜空中的雉堞，隱約可見了。

章二 奈何為賊？

車仗一路東行，接官廳外不見宮燈彩棚，也無喧天鼓樂。冷冷清清，甚至連個人影都沒有！

「海西的人，都死絕了嗎？」許儀勃然大怒，咬牙咒罵起來。

按照規矩，每座縣城外都會有一座接官廳，負責迎接履任官員，抑或者歡送離任的官員。曹朋也聽說過這麼一個規矩。看著冷冷清清的接官廳，他不由得想到：後世作品裡常有出城十里迎接，還有十里長亭相送的橋段。莫非這十里長亭，就源自於接官廳嗎？

「二哥，咱們悄悄過來，又沒有通知海西縣，他們沒有人迎接，再正常不過，何必為此而生氣呢？我現在只想早一點到，然後洗個熱水澡，好好睡他一覺……好了，別再和自己較勁兒。」

許儀哼了一聲，倒沒有再說什麼。

章二

奈何為賊？

於是車隊冷冷清清來到海西城西門口，只見箭樓聳立雲端，城門堅不可摧。

不是說，海西縣殘破，屢遭匪患嗎？

曹朋愣了一下。但又一想，也許正是因為屢遭匪患，所以才修此堅城吧……

「胡班，過去叫門！」

鄧稷在車中下令，胡班答應一聲，飛馬來到城下。

城門，裹以鐵皮，上面嵌有青銅泡釘。胡班上前，舉起手中的長矛，蓬蓬蓬敲擊城門，同時高聲喊道：「海西令到此，快開城門！」

「喊什麼喊！」好半天，箭樓上打開了一個小窗子，從裡面傳來嘶啞的聲音，「上峰有令，入夜後城門不開，明日請早。」

胡班大怒，舉矛再次敲擊，「聽清楚了，是海西令鄧縣令到此，開城門。」

箭樓上，沉默了一陣。緊跟著那嘶啞的聲音再次響起：「哪個鄧縣令？」

「休要囉嗦，新任海西令鄧縣令到此，乃朝廷所任，還不速速開門！」

箭樓上的窗子，匡當一聲合上了。

典滿忍不住罵道：「這些懶狗，好囂張！」

許儀也點頭：「是啊，明知道是縣令來了，還這般模樣。這海西縣還真要好生整治一下。」

曹朋倒是沒有開口，端坐於馬上，靜靜觀察。

不一會兒，城門內傳來鐵鏈的聲響，沉重的大鐵門開了。門旁邊，站著幾個衣衫不整、盔歪甲斜的門卒，頭上的兜鍪都發了黃鏽，看上去殘破不堪。

典滿等得有些不耐煩了，催馬上前，就衝了過去。他馬速太快，險些把門卒撞倒，同時口中喝罵道：「兩個懶骨頭，還不把城門大開！」

門卒看著眼前驍騎盛氣凌人，心中著實惱怒。一個開口就要頂嘴，另一個見典滿盔甲鮮明，坐騎神駿，那非凡的氣概絕非是等閒官員，連忙拉住同伴，示意他不要開口。

「快點開城門！」

同時，那門伯模樣的男子上前問道：「敢問哪位是鄧縣令？」

鄧稷從車裡出來，朝那門伯一點頭，「我就是鄧稷……朝廷文書早已發來，爾等可曾收到？」

「啊，已經收到。前些日子陳太守還派人過來通知，但因為不曉得縣令的行程，故而未曾遠迎，還請縣令恕罪。」

似這等新官上任，必須先由朝廷發送公文到各郡太守，而後，各郡太守再命人通報所轄縣城，使原來的官員提前做準備，和新任的官員準備交接。

不過海西縣已經很久沒人治理，上一回有縣令，還是去年的事情。

所以，廣陵郡太守陳登只需要把情況通報給縣裡的人知曉，如果縣衙裡沒有人，則由當地縉紳負責迎接。一般而言，這種場面上的事情，大家都會盡量做好，以免招惹不必要的麻煩。

海西的情況，好像很特殊啊！

曹朋跨坐照夜白，和鄧稷點點頭，而後一擺手，示意車隊啟動。

門伯讓門卒讓開道路，在前面領路。一行車仗駛入城內，就見街市上黑燈瞎火，一片淒涼景象。時辰還沒有到頭更，街道兩旁的大店小鋪都已關門休息，只剩下幾處攤販仍在張羅買賣……在這等蕭瑟冬夜裡，幾乎沒有什麼行人，所以那攤販上也同樣是冷冷清清，不見一個客人。

新任縣令初至，一縣文武居然全部隱跡，鄉宦望族盡數潛蹤。

這海西縣，果然性格！

明知道上官即將到來，卻只派了門伯張羅……這下馬威，果然厲害！

曹朋嘴角微微翹起，心中冷笑不止。越如此，豈不越是說明這海西縣問題不小嗎？

他扭頭對王買說：「虎頭哥，覺著比咱那中陽鎮如何？」

「媽的，好像快死絕了一樣，比不得中陽鎮的熱鬧。」

許儀則勒馬，等了一下曹朋，「阿福，這裡的人，似乎並不歡迎咱們。」

「不是似乎，根本就是……不過無所謂，咱們既然來了，總歸是要看一下這其中的玄妙。」

「哦？」許儀愣了一下，似乎有些明白曹朋的話中之意。他有點莽，有點虎……可畢竟是大族子弟，一些陰鷙詭謀也多多少少知道一些。

「阿福，你的意思是……」

曹朋把手指放在唇邊，噓了一聲。那意思就是：你知，我知，不必說明！

許儀頓時恍然，點了點頭，不再贅言。

車仗走過跨越街道的一座拱門，便看見大街沿一面高牆，分為左右兩條，不過高牆殘破，有好幾處出現了坍塌。站在牆外，可以一眼看清楚牆內的狀況。是一座宅子，有中堂和廂房，還有兩個跨院。越過牆內的建築，隱隱約約可以看到一座高大的門樓，影影幢幢。

這裡，應該就是縣衙的後牆了！

一行人右轉，沿著高牆向東，向北，再向西……直走到一座黑漆大門的門首，門楣上方掛著

章二 奈何為賊？

一塊風蝕雨剝的木牌。牌匾有些歪斜，尚有海西縣衙的字樣。

門伯躬身道：「鄧縣令，此處就是縣衙。」

這就是縣衙嗎？

鄧稷和濮陽闓走下了馬車，站在門階下，抬頭看去。

那門楣上結著蜘蛛網，地面上髒兮兮的，也看不出究竟有多久沒人打掃過。一旁的栓馬樁斷了半截，基本上已經沒了用處。而那座黑漆大門緊閉著，大門後靜悄悄，鴉雀無聲。

「叫門！」鄧稷的臉色越發陰沉。

周倉二話不說，三步併作兩步就衝上臺階，揮拳重叩。

「誰啊、誰啊！」

門開了。從裡面走出一個五短身材的門丁，鷹鼻鷂眼，鬍鬚蓬亂。他手裡舉著蠟燭，上上下下打量了一下周倉，張口就罵道：「你這黑廝好不曉事，難道不知道這衙門一向緊閉不開嗎？家裡死了人，還是媳婦跟著人跑了，敲，敲，敲，敲你娘個敲啊！」

周倉那是什麼性子？剛直暴烈！他當過黃巾，幹過山賊……因為跟了鄧稷，才改了些脾氣。

可他哪受過這等羞辱，頓時勃然大怒。伸出手，一把揪住了那門丁的衣服領子，而後胳膊一用力便把門丁拎起來，朝著黑漆大門旁的門柱蓬蓬蓬的撞了十幾下，「狗日的賤種！再敢出言不遜，老子就把你的頭擰下來！」

門丁哭叫著連連求饒，周倉這才罷休。

曹朋在馬上，也沒有過去阻攔，只是冷眼旁觀。目光游離，好似不經意的向四周打量，而在遠處的街道拐角處有人影閃了一下，旋即便沒了動靜。他心裡冷冷一笑：看來這海西縣城裡的水，夠渾啊！翻身下馬，他喊了一聲：「周叔，休要和他囉嗦，先進去再說。」

「這裡可是縣衙，你們……」

「瞎了眼的東西，新任鄧縣令就在你眼前，還不給我立刻打開衙門，著人前來參見？」說著話，周倉推了一下黑漆大門。

哪知道他根本就沒有用力，那大門轟隆一聲，便倒塌過去。

「這……」

「算了，咱們進去再說。」

鄧稷和濮陽闓並肩往裡走，曹朋、典滿、許儀等人緊緊跟隨。

四十名扈從隨即下馬，列在了衙門口外。還有十幾個從下邳買來的隨行家奴，在胡班的指揮下，卸車馬、搬行李……冷冷清清的海西縣縣衙門前，頓時熱鬧起來，在這座冷冷清清的縣城裡顯得格外喧鬧。

周倉和夏侯蘭找來了火把點上。藉著光亮，鄧稷向院內四周環顧一番，於花廳前院中停下。對面衙廳的窗戶緊閉，窗戶紙破破爛爛的，不成體統。院子裡、廳內一片漆黑，不見一人。鄧稷頓時有一種煩躁的情緒縈繞在心頭，他讓周倉把那門丁帶過來，陰沉著臉，看著那門丁，一句話也不說。

燈火照映下，鄧稷獨臂卓然，目光森冷。門丁只覺得一股寒意陡然湧來，連忙撲通跪下。

「你，是何人？」

門丁結結巴巴答道：「小人、小人、小人名叫麥成。」

「麥成，你是做什麼的？」

「小……小人是本衙牢頭禁子。」

「這縣衙裡，為何如此破敗？」

「回、回大人的話，本衙已有多年未曾用過，以至於，以至於……」

「那縣衙印綬，又在何處？」

「大人，本衙印綬在三年前便不知下落，之後的大人們都是由州牧和太守委任，故無須印綬。」也就是說，這座縣衙在過去三年中，基本上處於廢棄狀態。

「那差役呢？」

「差役……差役早就沒了……」

「混帳東西！」鄧稷勃然大怒，「照你這麼說，整個海西縣只有你一個人盡忠職守不成？」

「啊……」

「隸役何在？書差何在？巡兵又何在？」

「這個……本衙已有兩年未曾征役，書差更是未曾有過。至於巡兵，原本倒是有的，不過那早先的兵曹掾史馮超出走後，巡兵也就解散了。這縣衙裡，如今的確是只剩下我一人在看管。」

鄧稷冷笑，「倒是個忠心之人啊。」他扭頭向濮陽闓看去，就見濮陽闓也不說話，只朝他點了點頭。

「來人，先把他下在牢中，究竟是何事在此作怪，本官當查明之後，再做處置……」

「喏！」

麥成聽聞，大驚失色，「大人，我冤枉，我冤枉啊……」

周倉上去就是一記耳光，「再敢呱噪，拔了你的舌頭。」

麥成面對著凶神惡煞一般的周倉，嚥了口唾沫，不敢再出聲。

「走吧，去你的大牢，前面帶路。」

「把那些賊人也都一併關押起來。」

「喏！」

曹朋站在縣衙門口，突然扭頭對那門伯說：「你很清閒嗎？」

「啊？」

「去吧，把這裡發生的事情告訴你的主子。另外幫忙帶一句話，就說這海西，是漢室疆域。」

門伯聽聞，臉色頓時變得慘白。他看了曹朋一眼，突然扭頭，撒丫子就跑。

典滿愕然看著門伯的背影，「阿福，你是說……」

「沒有縣令，沒有文武吏員，沒有隸役，沒有書差，沒有巡兵……偏偏還有門卒？」曹朋呵呵笑道：「三哥，若沒有人給你俸祿，你可願意做這等事情？這海西縣，可沒有傻子！」

「那麥成也是如此？」

「反正，沒他說的那麼簡單。」

試想，一個公司已經倒閉了，連老闆都不見了蹤影，偏偏還有員工盡職盡責，若非是傻子，那便是別有圖謀。曹朋能想明白這其中的緣由，鄧稷和濮陽闓自然沒有理由看不出來。

前院左廂是巡兵、衙卒居住的下房，空蕩蕩的。下房後面便是牢房，同樣也是空無一人。不用說，牢房已經很久沒有用過，然牢門仍舊堅固。

「阿福，我們去大堂和衙廳看看。」

「好！」曹朋從鄧範手裡接過了火把，跟著鄧稷和濮陽闓來到大堂門口。

把門推開，生了鏽的合葉嘎吱直響。來到廳內，但見遍地的繪圖、蛛網滿牆，蓋在公案上的猩紅色檯布也退了顏色。當曹朋走過去的時候，幾隻黑色的老鼠突然間竄出，嚇了曹朋一跳。

「沒想到，海西竟然破敗如斯！」濮陽闓忍不住發出一聲浩嘆。

這裡，真的還是漢室天下嗎？他正要發表感慨，忽聽前院裡傳來一陣喧譁騷亂聲。

「出了什麼事？」

鄧稷轉身，向外面看去。就見夏侯蘭匆匆跑進來，「大人，先前剪徑的賊人首領喊著要見大人，說有要事稟報。」

「哦？」鄧稷不由得一怔，有些想不明白這賊人有什麼事情要說。

「姐夫，這裡實在是太……咱們到廂房裡說話吧。我剛才看了一下，那廂房裡還能落腳。」

「也只好如此。」

鄧稷曾想過他來海西後出現的各種局面，可他萬萬沒有想到，居然會是這麼一種狀態……在自己的縣衙裡要和人說話，連個說話的地方都沒有，反而要跑到衙役們居住的下房裡面接見別人。想到這裡，鄧稷不由得一陣苦笑。

「濮陽先生，咱們一起去吧？」

濮陽闓笑道：「我也正有此意。」

曹朋陪著他二人，走出了衙廳，直奔廂房而去。

一進屋，就見王買和鄧範正虎視眈眈的看著一個青年。那青年一襲黑衣，跪在地上，髮髻散亂，額頭還有一塊烏青傷痕。見鄧稷一行人進來，那青年顯得非常激動，呼的就要站起來。王買手疾眼快，上前一把抓住他的肩膀，冷聲喝道：「老實點，否則要你好看！」

「我不是賊人！」青年大聲喊道。

鄧稷冷笑道：「剪徑毛賊，不是賊人又是什麼？」

「我不是賊人，我真的不是賊人……這海西縣城裡，真正的賊人不是我，而是另有其人！」

青年激動的大聲叫喊，拚命掙扎。

王買和鄧範死死將他按住，口中連連呵斥。鄧稷眉頭一蹙，看著那青年，久久不說話。

而曹朋，從進屋以後便站在旁邊觀察青年。見那青年如此激動，他走出房間，讓人舀了一瓢井水，走上去揚手就潑在了青年的臉上。那青年激靈靈打了個寒顫，喘著粗氣，不再掙扎。

「你……是馮超？」

「啊？」青年大驚失色，抬頭向曹朋看去。

不禁他感到意外，就連鄧稷和濮陽闓也有些莫名其妙。

馮超，是誰？

曹朋深吸一口氣，沉聲道：「馮超，海西縣兵曹掾史。我剛才聽那麥成說，你之前離奇失蹤……呵呵，你看你，雖說換了衣服，可是指甲修得很整齊，而且還穿著黑履，這可不是普通毛賊可以穿得上……姐夫，我想他的確不是賊人，包括那些剪徑的毛賊……他們是本縣巡兵，對不對？」

馮超驚恐的看著曹朋，半天說不出話來。

「你們不是毛賊，你們是強盜……巡兵裝扮的強盜！」鄧稷眼睛一瞇，閃過一抹冷芒。

曹朋笑道：「你不用否認，其實要想證明，很簡單……我只要把麥成拉過來，他就會老實交代。哦，我突然想起一件事，兩年前海西縣曾有過一位縣令，名叫馮爰。此人是許都人氏，也是朝廷派來的最後一位官員。可惜，這位馮爰只做了兩個月的縣令，便遇到了盜匪襲掠海西，在亂軍中被殺……他好像有一個兒子，隨同他一起來到了海西縣，但此後便再也沒有這個人的消息……」

鄧稷一拍手，「沒錯，的確是有這麼一回事。」

曹朋笑呵呵的看著青年，「馮超，馮兵曹掾史！好了，現在可以說說，好端端的官不做，何苦為賊呢？」

馮超面頰劇烈的抽搐起來，看著鄧稷三人，久久不語！

章二
三害

胡班指揮人，把書齋和臥房先清理出來。

一桶桶井水沖洗過後，地面終於恢復了原有的顏色。灰塵和著老鼠屎之類的汙穢，順著屋簷下的水槽流淌出去。把門窗全都打開，冷風灌進來，捲走了房間裡原本的陰濕腐腥之氣。不過，想要立刻住進去，恐怕也不太可能。

廂房中，馮超痛哭失聲：「非我願為賊，實不得已而為之。」

鄧稷問道：「什麼叫不得已而為之？」

馮超聽鄧稷詢問，淚如雨下。

原來在兩年多前，馮超的父親馮爰，最初是徐州牧陶謙的幕僚。當時徐州並不似如今這樣混亂，海西縣的問題就成了陶謙的心腹之患。這海西縣雖然地處荒僻，卻是勾連兩淮地區的鹽路樞紐，由於海西縣的混亂使得兩淮鹽路受阻，加之受地方豪族掌控，使得徐州的鹽稅流失極大。陶謙想要整治海西，於是便向當時在長安的朝廷舉薦馮爰為海西令。

董卓自遷都長安以後，也一直試圖修復和關東諸侯的關係，分化關東諸侯的力量，所以陶謙很輕鬆的得到了朝廷的委任，馮爰便帶朝廷詔令赴海西任職。馮爰是個很認真也很盡責的人，一上任便開始著手整頓海西縣的混亂局面。只是馮爰過於雷厲風行，以至於觸動了許多人的利益。

到任兩個月後，一群盜賊突然襲掠海西，馮爰倉促應戰，奈何孤掌難鳴，被盜賊所殺害，屍首被懸掛於海西縣城外的接官廳門楣上，整整三日，才被人發現。馮超當時任海西縣曹掾史，得知消息後，憤怒不已，可那些盜賊來無影去無蹤，他也不知道該如何才能報仇。

他本想要透過陶謙，卻不想這一年，發生了陶謙部將殺害曹嵩的事情。

曹操為父報仇，揮兵討伐徐州，陶謙面對曹操兵臨城下，哪裡還顧得上海西的事情？不久，曹操因呂布攻占濮陽，不得不收兵返回。陶謙隨之一病不起，臨終前把徐州託付給了劉備。

提起劉備，馮超突然間咬牙切齒。

「鎮東將軍不管嗎？」

「休提那國賊！」馮超暴怒吼叫，「劉玄德，國賊爾！」

曹朋聽聞，不由得愕然。受《三國演義》的影響，曹朋對劉備的印象，總體來說並不是太壞。在他的記憶裡，劉備應該是一個溫和儒雅的長輩，即便後來他對劉備少了許多愛，重生之後，更發現劉備並非是後世所傳的那樣名聲響亮。司馬徽讚劉備，有大志；郭嘉卻認為，劉備是偽善之人。

這版本，眾說紛紜。但『國賊』之說，曹朋還是第一次聽到，心裡不免疑惑，但並沒有急於詢問，而是坐在一旁靜靜聆聽。

「馮超，這『國賊』之說，又從何而來？」

「大人可知道，這海西有『三害』嗎？」

鄧稷還真沒有聽過這種說法，連忙問道：「願聞其詳。」

「海賊、鹽梟、商蠹子。」馮超深吸一口氣，努力平穩了一下情緒，「海賊，就是廣陵大盜薛州所部。他麾下坐擁萬人，有海船數艘，盤踞海外荒島，登陸襲掠村鎮。且薛州所部實力極大，又和陸上諸多盜匪勾連，故而來無影去無蹤，根本無法消滅……家父就任後，曾仔細研究過薛州此人，並私下裡對我說，絕盜難，絕海賊更難。他們行蹤詭異，進可入山，退可入海，而且登陸之地更無人知曉，想要消滅薛州所部盜匪，必須要有足夠耐心。」

鄧稷聽聞，眉頭一蹙。

「那鹽梟又怎說？」濮陽闓問道。

「大人可知，東海最大的私鹽販子是誰嗎？」

「呃……這個還真不清楚。」

「便是朐縣麋家。」

「朐縣，麋家？」

馮超點點頭，「海朐麋家，徐州首屈一指的豪族。麋家祖世貨殖，資產鉅億，僮客萬人……於外，人們只知麋家行商天下，卻不知這麋家自光武以來便暗中販賣私鹽，幾乎掌控了兩淮，乃至於江東地區的私鹽。他們在朐山煮海，勾結官吏，販賣私鹽，在徐州有著極為巨大的影響力，即便是陶恭祖對麋家也忌憚三分。海西，是麋家販賣私鹽入兩淮的重要所在，故而在海西縣，麋家堪稱一霸。」

「那劉備接掌徐州以後，麋家之主麋竺，先進其妹於劉玄德，後贈奴客兩千，金銀貨幣無數，助劉備在徐州站穩了腳跟。呂布奪取徐州之後，隨擄走劉備家眷，後來又不得不交還劉備。其中麋家的周旋，產生了重要作用。你們說，劉備與麋家如此親近，焉能對麋家動手？」

鄧稷倒吸一口涼氣，和濮陽闓相視一眼，不禁面面相覷。

真是不臨其境，不知其害。若非本地人，誰又能知曉這裡面居然會有這麼多的彎彎繞呢？

曹朋多多少少弄明白了馮超為何對劉備懷有怨念的緣故……莫非，馮爰之死，和麋家有關？

「商蠹子又是什麼？」

「便是這海西縣城裡的賈人。」

古時，行為商，坐為賈，連在一起就是商賈。

「賈人，自古有之，又怎算得一害？」

「若他們老老實實經商，自然算不得一害。可海西縣的賈人大都是一些欺行霸市、為非作歹之徒。比如興平元年，曹操攻打徐州，海西賈人率先屯糧，使得物價暴漲。當時從東海等地來了許多逃難的流民，那些賈人便收其青壯為打手，霸主商市，哄抬糧價。十日間，從百錢一斛，暴漲至兩萬一千錢一斛粗粟。有人出來和他們爭吵，那些商蠹子們便叫上打手將其痛毆。更有甚者，毀其家園，壞其性命。而官府也只能坐視，對這些商蠹子束手無策。若打壓得狠了，他們便聯手罷市。」馮超越說越激動，到最後幾乎是咆哮出來。

「如此霸道，誰敢招惹？而且這些商蠹子背後，都有人暗中支持。曾有人告到了下邳，結果沒兩

天便橫屍於街市……小人幼時也讀過書，懂得這是非善惡的道理，可小人又能如何？家父組建巡兵百人，不到半年就被迫解散。在海西縣，大家已無生路，不去做賊，做什麼？」

鄧稷和濮陽闓，都沉默了。

曹朋嘆了一口氣，站起身來，「馮超，你從賊，是想要為你父親馮縣令報仇吧？」

「啊？」

「馮縣令死於盜匪之手，你卻不知道該找誰去報仇，於是你就扮作強人，流竄於山野之間。你想用這種方法和那些盜匪接近、打聽消息，對嗎？」

馮超沒有回答，卻低下了頭。

曹朋突然厲聲罵道：「可你有沒有想過，那些被你殺了的商賈路人，又有何罪？」

「我沒有殺過人，只搶東西。」

「可你搶了他們的東西，就等於斷了他們的性命！」曹朋怒斥道：「不是所有人都是麋家，也不是所有人都家財萬貫。那些商人可能是用身家性命來押送一批貨物，賺的是辛苦錢、賣命錢！可你搶走了他們的貨物，有沒有想過他們怎麼辦？他們的家人又該怎麼辦？」

「我……」馮超張了張嘴巴，卻不知道該如何辯駁。

「為人子者，為父報仇，天經地義。可如果你把報仇的願望建立在別人的痛苦之上，你又算得什麼東西？你報了仇，你暢快了，可那些失去財物、絕望而死的人，又該找誰？難道他們的兒子也要去做盜匪，也要去仿效你們的行為？冤冤相報，到頭海西縣越來越亂……我再問你，那些因此而受到牽連的海西百姓，又有何罪？他們為何要為你一己之私，而捲入這仇恨的漩渦之中？人人都似你這般作為，朝廷威嚴何在？律法威信又何在？」

馮超啞口無言，垂下了頭。曹朋哼了一聲，甩袖走了出去。

濮陽闓嘆了口氣，上前拍了拍馮超的肩膀，也走出了房間。

鄧稷則看著馮超，「馮超，你為父報仇心切，本官能理解。但本官還是希望，你能用正道解決此事。似你這樣聚眾為賊，馮縣令若泉下有知，恐怕也無法瞑目……你糊塗，糊塗啊！」說罷，鄧稷朝著王買和鄧範擺了擺手，轉身走出房間。

王買和鄧範也鬆開了馮超，目光裡有一絲憐憫，又有些鄙薄，隨著鄧稷一同走了出去……

「姐夫，就這麼不管他了？」

「讓他好好想想吧。」鄧稷輕聲道：「我們初臨海西，人手明顯不足。這馮超可以糾集這麼多人，說明他還是有一點威信。如果他願意幫咱們的話，說不得可以使咱們盡快融入海西這個環境，站穩腳跟。」

而另一邊，濮陽闓卻笑盈盈看著曹朋。「友學，計將安出？」

曹朋搖搖頭，「哪有什麼妙計。只不過我還真沒有想到，這海西縣裡居然這麼複雜……海賊、鹽梟……還有那些商蠹子？」

韓非子在《五蠹》中，把商賈列為五蠹之一。想必商蠹子，便是由此而來。

麋家……劉備……

哈，這好像越來越複雜，也越來越有趣了！麋竺在歷史上的評價很高，甚至包括曹操在內，對麋竺也很欣賞。不過，誰也沒想到，這麋竺居然還是個私鹽販子出身。那麼糜夫人死後，關羽對麋芳始終懷有輕視之意，絲毫不念及麋家和劉備的關係，也就能合情合理。麋家就算給予劉備的幫助再多，麋竺即便是有再大的功勞，可論及出身，還是個私鹽販子。

「阿福，陪我去內衙查驗一下案牘。」鄧稷說著，就往內衙行去。

曹朋從鄧範手裡接過火把，輕聲囑咐：「五哥，先簡單收拾一下，安頓下來，明日再說。」

「好！」

曹朋點點頭，舉著火把，和濮陽闓並肩，往內衙走去。

內衙書齋裡，只有一張書案。

一副床榻，三張蒲席，件件破舊不堪。好在已經清洗了一下，所以還能看得過去。打開裡間檔房小門，一股陰濕氣味撲面襲來。牆邊立著的書架擺放著一摞摞竹簡，都長了白黴。

鄧稷搖搖頭，一副很無語的表情。

曹朋舉著火把走進檔房，轉了一圈之後，又走了出來。

「姐夫，依我看這也不是一時半會兒能梳理清楚的事情。大家趕了一整天的路，已經很乏了。不如簡單清理一下，先休息，等天亮之後，咱們再把這裡裡外外，好好清理一番吧……」

鄧稷想了想，便點頭答應。這一整天，疲乏、恐慌、氣憤、驚訝……各種情緒交織一起，也讓他有些累了。沒想到來海西的第一夜，竟然要在這樣一種環境裡度過，多多少少還是有一些失落的情緒，但一轉眼，他又振奮起來，和濮陽闓、曹朋等人走出書齋。

奉孝曾提醒過我，說海西縣並非一處善地。他讓我來出任海西令，也足以表明他對我的看重，我如果這麼快就退縮，豈不是辜負了奉孝的看重？我丟下剛生了孩子的妻子，丟下嗷嗷待哺的孩子，所為的不就是做一番事業嗎？海西雖說混亂，卻正是我輩建立功業，一展才幹的好地方……

我不可以辜負了大家的期望。

想到這裡，鄧稷不由得用力握緊了拳頭！

入子夜後，下起了淅淅瀝瀝的小雨。

冬雨冰寒，使得氣溫陡降。好在大家聚在一起，所以也不算特別寒冷。先清理出了幾間廂房，鄧稷、濮陽闓和曹朋一間，典滿、許儀、鄧範、王買一間，周倉、夏侯蘭以及其他人分掉了剩下的幾間廂房。同時，曹朋又安排好了警戒，大家守在縣衙的前院裡，倒也不需要太過擔心。

畢竟，這裡有幾十個人！如果有人想來生事，還真不需要擔心。

屋外，雨聲滴答。海邊的雨夜，讓人感受到了一種不尋常的味道。空氣中瀰漫著一股腥濕之氣，有一股淡淡的鹹味瀰漫……

這就是海西嗎？

曹朋倒在榻上，慢慢合上了眼睛。

雨，只下了不到一個時辰。天快亮的時候，海西起了霧。規律的生理時鐘，使得曹朋準時睜開眼睛。他從床榻上下來，走出房門，一股清冷的風迎面吹來，讓他激靈靈打了個寒顫。

海西的風，不似北方罡烈，但這種寒冷卻可以化指柔，直入人的骨頭縫子裡。

曹朋下意識裹住了衣領子，走出房間，就見夏侯蘭靠在屋簷下的避風處，正在打盹兒。

「夏侯、夏侯！」

「啊，公子……」

「讓大家都去休息吧。」曹朋看了看天色，「天馬上就要亮了，估計不會再有什麼岔子……今兒個事情很多，你們先去休息，等有了精神，咱們還得要修繕府衙，整理那些案牘呢。」

「喏！」夏侯蘭也不客套，直接拱手應命。

他知道曹朋說得沒錯。這海西如今是百廢待興，需要做的事情實在是太多！如果不休息好，就會沒了精神。夏侯蘭走出迴廊，招呼那些在門廊下避風處警衛的扈從們下去歇息。

霧天，不好劇烈的活動。所以曹朋只是做了幾個簡單的動作，舒展一下身子，從擺放在屋簷下的雜亂行李中拾起一根木棍，邁步走進後宅。昨天夜裡看到的那堵高牆，果然是後宅的院牆。這宅院的面積不小，房舍俱全，左右還有兩個跨院。院子裡有兩棵參天大樹，枝葉已經凋零。

曹朋細數了一下，統共四十多間房舍。如果再加上前院的廂房，一共有六十餘間，足夠安置這些隨行扈從。房舍雖說看上去是破舊了些，但基本上沒有大毛病，清掃一下便能住人，工程不會太大。

兩座跨院很幽靜，既獨立於整座府衙，同時又有通幽小徑勾連。看得出來這縣衙最初的設計，還是下了番功夫。不過想必那位設計者不會想到，有朝一日，這座代表著漢室權威的建築，竟然破敗到如斯程度吧。

「朱雀橋邊野草花，烏衣巷口夕陽斜。舊時王謝堂前燕，飛入尋常百姓家。」

曹朋不由得輕吟起這首《烏衣巷》，雖說有些不太相合，但就意境而言，卻是非常的妥貼。

「好唱！」

「啊？」曹朋回身看去，就見濮陽闓站在他不遠處。

剛才太過於投入了，以至於……曹朋暗暗責備自己，在這等環境下，居然會放鬆了警惕。

這也幸好是濮陽闓，如果換一個人，對他懷有敵意，豈不是危險？這裡雖說是縣衙後院，可是等同於門戶大開。那堵殘破的院牆著實太容易進出了，就算來個人，這會兒也不易覺察。

濮陽闓負手走過來。「友學，你剛才唱的又是哪一首？」

漢代的詩詞，多以樂府為主。五言剛開始興起，七言還不算特別流行。似濮陽闓這種很傳統的老人家，對於七言還不是很能接受，所以他以『唱』來代替詩詞。言下之意，卻是這七言絕句難登得大雅之堂。

「呃……濮陽先生，起得好早。」

「不早了！」濮陽闓說：「若非昨日太疲乏，這辰光早就已起身了。」

他說著話，那略顯古板的臉上露出一抹溫和笑容，「阿福，你剛才唱的，又是哪一闋呢？」

「哦，小子只是看眼前景色，不由得心生感慨，隨口吟唱。」

濮陽闓點了點頭，「朱雀橋我倒是知道，可這烏衣巷又是何處？」

「這個……」曹朋差點被濮陽闓憋死。他怎麼回答？烏衣巷是南京的景色……哦，在這個時代，應該是叫建康。天曉得建康有沒有建立起來？印象裡，建康城似乎是孫權所督造的吧。

眼珠子滴溜溜一轉，曹朋手指跨院通幽小徑，「先生請看，這小徑兩邊，古樹參天，枝椏繁茂……與這霧氣相合，像不像披了一層烏沙？」

濮陽闓愕然，認認真真的審視一番，「你這一說，還真有些相似。」

「看這縣衙格局，想必它最初的主人曾花過不少心思。不過他一定想不到，有朝一日，他精心設計的縣衙居然變得如此殘破。我也是一時心有所感，隨口唱出，令先生見笑了。」

「嗯……確有幾分味道。」濮陽闓撚鬚，「舊時王謝堂前燕……對了，這王謝又是何意？」

我的個天！王謝，那都不是這時代的人。

曹朋編出了一個烏衣巷的解釋，可實在是想不出『王謝』的由頭。

就聽濮陽闓自言自語：「莫非這海西以前曾有過王姓、謝姓的縣令嗎？」說著，他搖搖頭，便不再追究。他喜歡古體詩，而非七言絕句。曹朋剛才輕吟時，他也只是覺得有些意思，其實並不太在意。

曹朋深吸一口氣，伸出手擦了一下額頭上並不存在的冷汗。

好家在，幸虧這老古董沒有盤根問底。如果再問下去的話，我可真不知道該怎麼回答才是。

「友學！」

「啊，學生在。」

「你對這海西三害，有何看法？」

「我？」

濮陽闓停下腳步，伸出手從跨院宮門上掐下來一根枯藤，在手裡把玩。

「是啊，之前我們曾設想過很多種狀況，但如今身臨海西縣，才知道裡面竟有這許多曲折。」他轉過身，看著曹朋道：「叔孫想要在這裡站穩腳跟，恐怕不是一樁易事。」

「嗯，的確如此。」曹朋心裡面嘀咕道：我也知道不容易，可你也不用來問我吧。

濮陽闓說：「那你以為，咱們當從何處著手？」

「哦……我覺得，咱們應該先把院牆修好，省得站在牆外，就可以看得清楚這裡的一切。」

說著，曹朋凝目向院牆外看去。

「先生，我想此時，那牆外面不曉得藏了多少人，正在關注你我呢。」

濮陽闓順著曹朋的視線看去，就見輕霧中依稀有人影晃動。他濃眉微微一蹙，臉上頓時浮現一抹怒氣，聲音也隨之提高，厲聲喝道：「宵小之輩，不足為慮。我等奉天子之命出鎮海西……這裡還是大漢的治下，這裡還是大漢的疆域，我看他們還能夠囂張多久！」

牆外人影晃動，旋即不見。

曹朋也笑了，「先生胸中有浩然氣，諸邪不侵啊！」

「哼。」濮陽闓冷哼一聲，轉身就要離去。「友學，看起來咱們立足海西的第一步，還要從這院牆上著手。」

縣衙，代表著朝廷的威嚴。如果就這麼容易被人窺探，又成何體統？

三害

濮陽闓原本覺得，想要立足海西，就要盡快解決『三害』。但現在看來，也許還是要先把朝廷的威信立起來。怎麼立？自然就是從這縣衙的院牆開始。

不過，曹朋並沒有發現，當濮陽闓走出後院拱門的時候，嘴角輕輕的翹了起來。曹朋雖沒有回答他的問題，但實際上，卻已經給出了一個最好的答案……叔孫還是有些過激了！

清晨，陳登步履匆忙，穿過小徑，來到池塘邊上。

「父親，您喚孩兒來，有事嗎？」

陳珪背對著他，也沒有轉身，「算算日子，曹公所任的海西令，應該已經到了吧。」

「父親，應該就在這一、兩日間。」

「派個人，盯著那邊。」

陳登問道：「父親的意思是……」

「先看看再說。」陳珪輕輕咳嗽了一聲，「這個鄧稷，此前從未聽說過他的名字，卻被曹公突然委以重任，絕非等閒之輩。好好盯著海西，有任何風吹草動，一定要立即告與我知。」

「喏！」陳登拱手應命。

章四

江表虎臣

「馮超！」胡班足蹬一雙黑履，站在一塊乾地上喊道。

一夥人正在縣衙的後院牆外，被周倉帶著人監視幹活。這些人就是和馮超一起劫道剪徑的盜賊，不過他們還有另外一個身分，那就是海西縣巡兵！反正鄧稷現在缺人手，乾脆就把這些人拉過來幹活。不管他們是否心甘情願，在周倉那雙眼睛的注視下，也不得不勤快起來。

馮超放下手裡的木槌，直起身子。

「跟我走，公子找你。」胡班擺了擺手，示意馮超趕快。

馮超愣了一下後，忙走了過去。

「快跟我去換件衣服，公子在前廳等著呢。」

「哪位公子？」

「哈，這縣衙裡，還能有幾位公子？走吧，過去你就知道了。」

胡班咋咋呼呼，把個馮超弄得有些丈二和尚摸不著頭腦。他隨著胡班，先換了一件深灰色的襜褕，外面則罩了件大袍，跟在胡班的身後，穿過後院拱門，很快便來到了前廳大門。

大門外，曹朋一身黑袍，負手而立。典滿和許儀也換了一身新衣服，踩著黑履，手裡還拎著馬鞭。王買和鄧範則在低聲交談，兩人看到馮超過來了，只是朝他點了點頭，並沒有說什麼話。

「幾位公子，喚罪人前來……」

曹朋有些不耐煩的擺了擺手，「好了好了，什麼罪人不罪人。你若真想贖罪，陪我出去走一走吧。」

「啊？」

「別告訴我你不熟悉這裡！」曹朋的表情很淡然，也看不出喜怒哀樂。

「初來乍到，我們對這邊的情況都不瞭解。你在這裡兩年了，想必對海西縣也能有個認識。帶我們到處走走，順便說一說海西縣的風物人情……對了，這邊可有什麼好吃的去處？」

「呃……這個罪人倒還清楚。」

「既然如此，咱們走吧。」曹朋說著，便走下了臺階。

他也沒有騎馬，好像是準備步行過去。典滿和許儀笑嘻嘻的跟在他身後，不時的說笑兩句。

「馮超，怎麼走？」站在岔路口上，曹朋回身問道：「既然是由你帶路，你倒是走過來一點，大家也好說話嘛。」

「這個……罪人卻之不恭。」馮超心裡突然升起了無限的感慨。

兩年前，他是這海西縣縣令之子；兩年後，他卻成了階下囚。眼前的這些個少年，顯然是不同尋常，馮超心裡既感到落寞，同時又生出了一絲期盼之情。他快走兩步，在前面領路。

馮超的年紀大約在二十出頭，生得一副好模樣。按照他的說法，他祖籍許都，在當地也算得上一家小小的望族，只不過因他父親馮爰庶出，和家裡分了家，便投到陶謙帳下，熬了十年，才算是當上了縣令。可沒想到只兩個月，便丟了性命。馮超沒有回過老家，對於家鄉的事情也幾乎沒有印象，所以沒有談太多。

從縣衙出來，眾人南行。先是到海西塔樓觀賞了一番，鳥瞰海西的全景。

這座塔樓，據說始建於西漢年間。當時海西國還是李廣利的治下，於是有人造了這座塔樓，以示紀念。當時，塔樓名叫觀海閣，據說是因為李廣利曾在這塔樓上飲酒觀海而名。只不過，李廣利後來投了匈奴，觀海閣也就變得無人理會，漸漸成為本地的一處景觀……

「那邊是荷花池，池裡還有座山丘。夏天的時候，池中菡萏吐豔，池畔垂柳婀娜……不過這個季節，那荷花池周圍變得很冷清。」

馮超在曹朋身邊，為他介紹海西的景致。

「往北邊走，就是商市，這個時段正是集市開市的時候。嗯，如果公子有興趣，也可以前去一觀。海西的人口雖然不算太多，但是在這周遭幾縣，倒也算得上是最繁華的縣城了。」

廣陵郡，始建於漢武帝元狩三年，由江都國改為廣陵國。

王莽始建國元年，改為江平郡。後東漢建武初，又從江平郡改為廣陵郡，置治所於廣陵縣。期間，又歷經更迭，郡國之名反覆數次。

在順帝永和三年，廣陵郡治下共有十一縣，分別是廣陵、江都、高郵、平安、凌縣、東陽、射陽、鹽瀆、輿縣、堂邑和海西。海西縣由於地理位置的原因，又和東海郡的朐縣同位於游水以東，和曲陽淮浦隔水相望，用勾連山東兩淮之要地、八水相通之樞紐來形容，絕不誇張。

聽得出，馮超言語中，還是有些自豪。

也許兩年的時間，足以把他同化！同化成為一個海西人……

「馮超，你昨天說，海西有三害？」

曹朋突然轉變了話題，把馮超嚇了一跳，他連忙向四處觀望，見這塔樓上除了他們這些人外，並無旁人。曹朋出門還帶了十名扈從，在塔樓樓梯口守護。典滿和許儀站在另一個窗戶旁邊，朝著遠方的海天一線指指點點，他們還是第一次看到大海的模樣，只是由於距離有些遠，所以看得也不甚真切，有些模糊。

王買和鄧範兩人則站在曹朋的身後，看上去好像是在為他守護。馮超這才算是鬆了一口氣。

「我想知道，這海西還有沒有別的人物？我是說，比較出名的人物……呵呵，我們來到這裡，總要拜會一下本地縉紳，瞭解情況嘛。」

「海西……說起來也沒什麼大人物。不過先帝時，曾出過一個孝廉，後來還在朝堂上做過太中大夫，名叫麥熊。但他並沒有做多久，聽人說不足月餘，便被人頂替，而後返回海西。」

「此人在海西，是一位名人。當年太平賊肆虐時，這位麥熊麥大人還組織鄉鄰抵抗。只是這些年，他因年齡日增，身體越來越不好，差不多有好多年沒有公然露面。先父就任時，曾去拜訪此人，也只在床榻上見了一面而已。據先父回來時說，麥老大人的身子很差，從頭到尾也只說了一、兩句話而已。」說到這兒，馮超不由得發出一聲感嘆。

「如果麥老大人身體康健，海西也斷然不會變成如今模樣。」

「麥熊？」曹朋一蹙眉，本能的就想到了那個被關在牢裡的麥成。不過他並沒有追問，而是好奇的看著馮超說：「難道麥老大人沒有子嗣嗎？他不能出面，他的兒子也可以啊！」

「麥仁……太柔弱！」馮超苦笑說：「他是麥老大人的獨子，年近四旬，只是這身子骨也不太好，而且酗酒，很少有清醒的時候。海西縣的那些人也不會去招惹麥家，麥仁麥老爺自然懶得出面理睬……對了，昨日在縣衙裡那個牢頭禁子，就是麥老爺的遠方侄兒，據說很得麥老大人的喜愛，所以才被留在縣衙之中。那個人……說實話不招人喜歡，很奸猾，也不知麥老大人為何就看中了他。但麥老爺對麥成不是很看重，基本上不和他來往，就任他住在這縣衙之內……」

曹朋手指輕輕敲擊窗稜，露出沉思之態。「還有呢？」

「城西頭，有一個王先生，名叫王成。此人讀過聖賢書，在城西頭開設了一家私館，教授鄰里的孩童。他家境倒也不錯，所以也不怎麼貪圖錢財，在本地頗有名聲，也是善良之人。」

王成？沒聽說過，很陌生！曹朋只知道，後世的樣板戲《英雄兒女》裡，有一個英雄名叫王成。至於三國時期嘛……他扭頭笑道：「虎頭哥，還是你本家呢。」

王買呵呵一笑，並未贅言。

曹朋又問：「除了這兩個人，還有什麼人嗎？」

「剩下的……」馮超面頰抽搐了一下，「就是陳升了！」

「陳升又是誰？」

馮超回道：「陳升，是海西縣的一霸。他原本是琅琊郡東安人，十年前來到海西定居。此人頗有手段，而且手下還有一群爪牙。他蠶食鯨吞，強取豪奪，霸占了海西三成以上的良田沃土。在城裡還設有店鋪商號，北集市十家店鋪，就有三家是他所設。且這個人很機靈，每隔一段時間就會往郡府州衙打點。」

「當初陶徐州在世時，就受過他的蠱惑。陶徐州的兩位公子，更是沒少為這陳升幫忙，使其在海西的根基越發牢靠。先父就任之後，因為和陳升認識，所以也勸說過他。兩人還為此而鬧出了矛盾，甚至反目成仇。先父過世後，這陳升竟然在家中奏響鼓樂，還宴請賓朋。」說到這裡，馮超咬牙切齒，面目顯得猙獰可怖。

曹朋低聲道：「那令尊之前的縣令，就無人過問嗎？」

「當時陶徐州尚在，陳升與陶徐州兩位公子關係又好，誰敢過問？還有，陶徐州故去之後，陳升又拜入廣陵陳氏門楣，還成了陳氏子弟，如今是更加的囂張。」

這個陳升，聽上去好像很符合薛州啊！

你看，他是十年前過來，當時薛州恰好失蹤，不見了蹤跡。他手裡有爪牙，在海西縣根基牢固，還和廣陵陳氏勾搭上了關係……這不又恰好和薛州的情況吻合？難道說，陳升就是薛州？這年月，想隱姓埋名並非一樁難事。

白天，是地方豪強；晚上，又變成了海賊大盜！

有可能，非常有可能！

曹朋心中不由得有些忐忑。他在窗戶旁站立許久，突然道：「走，咱們去北集市看看。」

「去北集市？」

「呵呵，看一看這個陳升，究竟是如何經商。」

馮超搔搔頭，隨著曹朋走下塔樓。

「馮超！」

「罪人在。」

「你說海西有三害。海賊我已經瞭解，商蠹子我也清楚……可這鹽梟，又如何成了一害？按道理說，鹽梟經由海西行商，雖不一定能為海西帶來好處，但至少也不會成為禍害吧。」

「那些鹽梟販賣私鹽，與兩淮豪族相勾結，已成尾大不去之勢，如何不算一害？」

「我的意思是說，他與海西縣……」曹朋停頓了一下，向兩邊看了一眼，壓低聲音道：「他們在海西，應該沒和什麼人勾結吧？」

「這個……那些鹽梟每次都是匆匆來，又匆匆走，倒是沒聽說和什麼人聯繫。」

「那你認為，壞令尊性命的人，會是誰？麋家？海賊？抑或者是那個陳升？」

馮超顯得有些猶豫，很明顯，他也無法確定凶手究竟是哪一個。這些人，都有可能聯絡盜匪，都有可能殺害他的父親，可究竟是誰？他打聽了兩年，也沒有結果。

「那你以為，會是誰？」

「陳升！」馮超想了一會兒，給出了一個答案。

「為什麼？」

「出事之前，家父曾經見過陳升，而且兩個人還有一番激烈的爭吵。家父回家後曾對我說：陳升乃蠹蟲，早晚不得好死。為了這件事，家父那天還喝醉了酒，在院子裡咒罵陳升……」

曹朋點點頭，沒有發表意見。

江表虎臣

一行人不知不覺，穿過了一道雙層拱門後，來到了北集市。

與塔樓冷冷清清的景象不同，北集市很熱鬧。來自游水西岸的商人，還有東海郡以及兩淮地區的商賈，人聲鼎沸。據馮超介紹，海西縣如今已經變成了東海地區最大的一個銷贓集市，販賣私鹽、倒賣贓物……諸如此類的事情很多。基本上，買方和賣方並不會照面，都是透過這裡的店鋪進行交易，而海西的店鋪則用這樣的方式賺取差價，也算是一本萬利。

真正的賣方和買方，不需要接觸，一切都交給這裡的賈人來處理，可以省卻很多麻煩。所以，海西縣的人口雖說只有三萬餘人，但卻是一處五方雜處之地。

集市裡的叫賣聲，此起彼伏。酒肆布幌林立，顯得格外嘈雜。

曹朋一行人正在行走，忽聽前方傳來一陣吵罵聲。

「你們這是什麼破店，爺爺在這裡住了不過幾天的光景，就要收取恁多的錢財？」

「客官，你這怎麼說話……你在這裡住了這麼多天，小的們也都伺候得盡心盡力。別的不說，你每天就要喝兩甑酒，一部五斤，二十個大錢，一天就是四十個大錢。除此之外，你每天吃肉吃得恁爽快，難道就不用錢嗎？再算上你住了七天，一天只收你十大錢，加起來五百錢，小的可沒有多要半點。小的這也是小本生意，你財大氣粗，何苦為難小的呢？」

「怎麼回事？」曹朋不由得好奇上前探望。

「住了店，吃了酒，不給錢罷了。」馮超似乎對此有點見怪不怪。

「休說你那破酒，一甌酒摻了半甌水，淡得連個鳥滋味都沒有，爾還敢收取這許多的錢財？」

「客官，你喝的時候可沒說這些，還一個勁兒的叫好。再者說了，二十錢一甌酒，你還想怎樣？小的敢說，這集市裡沒人能比小店賣得更賤……」

「胡說！」

夥計說罷，突然眉頭一蹙，語調變了個味兒，「客官，你別是沒錢，想要白吃白住吧？」

和夥計爭吵的，是一個青年。看年歲，大約在二十出頭的模樣，和馮超差不太多。古銅色的臉，呈醬紫色。濃眉大眼，看上去挺精神……只是在這個時候，青年似乎底氣不足，說話也沒有了早先的那份豪氣。

「小的是不是胡說，客官拿出錢來，便能見分曉。若是拿不出錢……」那夥計冷笑兩聲，衝著後院叫喊道：「三黑哥，有人想要在這裡賴帳！」

話音未落，就見內堂門簾一挑，呼啦啦，從裡面走出五、六個閒漢來。為首的一個閒漢，長得是肩闊背大，大冷的天他只穿了一件單薄襜褕，露出胸口濃密的黑毛。

「哪個混蛋吃了熊心豹子膽，敢在這裡賴帳？也不打聽一下，這是誰的地方……我們陳公又豈是你這潑皮無賴敢辱罵的人嗎？找死……」

說著，閒漢一揮手，身後的人呼啦一下子，便圍了上去。

青年頓時勃然大怒，「爾等意欲如何？」

「小子，今天你老老實實把錢交出來，爺爺們就放你一條生路。如果你不交錢，那可別怪我們海西人不懂得待客之道。你豎著進來，讓你橫著滾出去……」

青年不由得冷笑，「幾個小蟊賊，好大的口氣。」

「蟊賊？」三黑是怒不可歇。「兄弟們，動手！」

這時，周圍圍觀的人呼啦一下，如鳥獸散。

青年踮步擰腰，閃身就跳到了大街上。他挽起袖子，把衣襟往腰裡一紮，「來來來，我潘璋就在這裡，倒要看看你們如何來收拾我。」

曹朋原本是打著看熱鬧的主意，並不想出面插手，畢竟這是他來海西的第一天，也不想太招惹是非……但當他聽聞青年自報家門的時候，不由得愣了一下。

潘璋？

曹朋突然倒吸一口涼氣：莫不是那個隨呂蒙奇襲烽火臺，後來又生擒關羽，奪走青龍偃月刀，誘殺老將黃忠的潘璋潘文珪嗎？不對啊，他不是江表虎臣，東吳的悍將嗎？怎麼剛才聽他說話，卻好像是東郡的口音，全無半點江淮的味道！

莫非，是重名？

曹朋心裡猶豫了一下，就聽街市上傳來一連串的慘叫聲。

他抬頭看，就見潘璋在眨眼間便將那些閒漢們擊倒，正揪住那個三黑，一拳轟在對方臉上。

這一拳，顯然是力道奇大！只打得那個三黑滿臉是血……

「殺人啦，有人鬧事了！」夥計在店門口大聲呼喊起來。

曹朋一蹙眉，扭頭對典滿和許儀道：「二哥、三哥，想鬆鬆筋骨嗎？」

「當然。」

「那是陳升的店鋪，咱們遲早要收拾他。趕得早不如趕得巧，乾脆咱們現在就砸了這家店，如何？」

「正合我意。」

典滿、許儀聽聞，頓時大笑起來。

「兄弟們，給我砸了這家店。」

說著話，兩人健步如飛，就衝了過去。

十名扈從二話不說，緊隨其後，風一般衝進店中，見人就打，見東西就砸，集市上頓時大亂。

曹朋則衝著潘璋喊道：「潘璋，還不快跟我走！」

章五

柿子要挑軟的捏

許多年以後，當潘璋回憶起來，一直想不明白自己當時怎麼就糊裡糊塗的跟著曹朋走了！

而這一走，就再也沒有從賊船上下來。

不過此時，潘璋聽到有人喊他的名字，下意識的跟了過去。他也不是不清楚海西縣的狀況，也知道這海西縣裡陳升所代表的含義。那可是海西一霸！如果不是他輸光了錢，也不會想賴帳。

說實在話，那夥計的要價雖說高了些，但總體而言，還算是在適當的價格範圍以內。海西縣由於不受朝廷約束，貨值的起伏很大，也很自由。甚至說，整個海西縣的價格，就控制在少數一些人的手裡。這些人當中，就包括了陳升。潘璋已經打算好了，如果混不下去，就到江東討生活，反正如今賺的這三核桃兩棗，連酒錢都不夠，又怎麼能滿足自己的欲望？

就在這時，典滿、許儀帶著人出現了！

「你……是什麼人？」

「我是什麼人不重要，你要是不想死，就跟我走！」

馮超在前面帶路，曹朋領著潘璋迅速拐入一條小路，往縣衙方向走去。

王買看遠處有人影晃動，也連忙高聲喊道：「二哥、三哥，別戀戰，快點走！」

典滿、許儀帶著人把那酒店砸得狼藉一片，聽到王買的呼喊聲，也不猶豫，立刻撤了出去。

一行人撒丫子就跑，等陳升的爪牙趕到時，早已經不見了典滿等人的蹤跡。一群閒漢在酒店前面暴跳如雷，叫囂著、嘶吼著，而那位三黑哥則躺在地上打滾，哭號不止。

「你們究竟是什麼人！」潘璋跟著曹朋跑出北集市，突然停下來，一臉警惕之色。

曹朋也停下腳步，回頭看了潘璋一眼，「怎麼，害怕了？」

「老子還怕什麼！你們要去哪兒？」

「去哪兒不重要，重要的是別被人抓住。」

馮超一旁也開口道：「這位好漢，你在陳升的店裡鬧事，可不是一樁小事。此人在海西縣頗有實力，估計這會兒已經封閉了四門！他那些手下，都是亡命之徒，你最好跟我們走。」

潘璋猶豫片刻，最終還是點點頭，跟在曹朋身後。

穿過雙拱門，沿著一條小路往南走，而後向東一拐，便看到了縣衙的後院牆。

「你們是……」

曹朋停下腳步，笑呵呵說道：「還沒自我介紹，我叫曹朋。我姐夫就是新任的海西令，昨天剛抵達海西。我們需要幫手，還海西百姓一個清明安全的生活，所以想請你來幫忙。」

潘璋有些疑惑的看著曹朋，脫口而出道：「就憑你們……」

他話沒有說完，但意思已表達的很清楚。

曹朋面色一正，「非只我們！我們現在的確是勢單力薄，不過我們的背後，還有那些期盼安寧的三萬海西百姓，還有朝廷。陳升這些人的實力雖說不小，但並不足為慮。說句不好聽的話，收拾陳升不過是刀兵之事，算不得什麼困難。如今東海郡厚丘，就屯駐有朝廷三千兵馬；呂溫侯、鎮東將軍亦要聽從朝廷調遣，只看朝廷一紙徵召，他二人即出兵討逆。」

「潘壯士，我們希望的是令海西縣長治久安，而非是反覆不止。這需要漫長的過程，並非靠刀兵就能解決。我們需要幫手，需要很多幫手，需要很多如潘壯士這樣的幫手。」

「你……認識我？」潘璋有些意動，但還是很警惕。

「呵呵，所有和陳升為敵的人，就是我們的朋友。」

潘璋搔搔頭，既心動又猶豫。心動，是因為曹朋既然能這麼說，就等同於代表海西縣新任縣令的意思。他本就是個潦倒之人，好不容易得了筆生意，來海西販賣貨物，不想貨物輸得乾淨，連會帳的錢都沒了，更不要說回去交差。能得了這樁生意也是託老朋友的幫忙，那他現在又有何面目回去見老朋友？如果不是曹朋出現，他此刻說不定已殺出一條血路，逃往江東從軍了……

猶豫，卻是因為他也知道一些海西的情況。這邊挺亂，曹朋他們能鎮住場面嗎？再者說，曹朋的姐夫不過一縣令，能有多大的前程呢？潘璋一時間還真無法拿定主意。

「潘壯士，你若是不願意，我也不勉強。不過，你現在想逃走，恐怕比較困難。不如暫且在縣衙裡安頓……想來那陳升，也不敢在這裡鬧事。就算真有事情，我們的人手也夠……等風頭過去，你如果想走，到時候我絕不阻攔。」曹朋一席話，說得很真誠。

潘璋想了一想，覺得也有些道理。「那，潘璋就叨擾了！」

「馮超，你帶他從後牆進去，然後到跨院裡等我。」

「喏！」馮超此時也算是擺正了自己的位置。他現在不是縣令之子，也不是什麼兵曹掾史，只不過是一個被抓的賊人。死活就掌握在曹朋的手裡，他又能折騰出什麼花樣？而且看這新任海西令一家，來歷似乎也不是那麼簡單。

試想，若海西令是普通人，能有這麼多的親隨嗎？只看那四十個扈從，一個個殺氣騰騰，顯然是身經百戰的悍卒，等閒人怎可能有這些扈從？

還有，曹朋那匹照夜白，許儀那匹黑龍，都是萬裡挑一的寶馬良駒！等閒人家莫說養兩匹這樣的馬，就算是養一匹普通的戰馬都有困難。可鄧稷的身邊不僅有兩匹價值千金的寶馬，每一個扈從胯下的坐騎，也都不是那麼簡單。這樣的人，誰還敢小覷？

馮超又生出希望，也許這新任的海西令一家，真能令海西平定，為他的父親報仇雪恨……

「潘壯士，隨我來。」馮超說罷，領著潘璋從後院牆的一個缺口跳進去。

兩人迎面就看到周倉正坐在不遠處的迴廊之上，馮超連忙上前，向周倉行禮。

而潘璋看到周倉的時候，也不由得暗自吃驚：這黑廝，好強的殺氣……一個小小縣令，竟有此等人物相隨嗎？

「周叔，這位是公子請來的客人，我帶他進去。」

周倉看了潘璋一眼，心裡不由得一咯登。他能看得出潘璋武藝不差，只是有點想不明白：公子未免也太神奇了些，出去走一趟就帶回來這麼一個高手？他點點頭，擺手示意馮超帶人過去。

馮超又行了一個禮，這才和潘璋走開。

「那是什麼人？」

「公子喚他叔父，想來是公子的家將。」

「那公子又是什麼來頭？」

馮超搔搔頭，「這個我還真不太清楚。不過看公子他們的氣派，恐怕也不是等閒之輩。」

潘璋心裡又是一動，不禁打起了小算盤。

曹朋繞過後院牆，來到了縣衙大門前。胡班正指揮幾個人，在縣衙大門口豎栓馬樁，原來的栓馬樁已經不能用了，必須要換一個新的。另有兩個穿深灰色衣服的男子，正在修繕大門。

曹朋上前，「哪兒來的匠人？」

胡班連忙回道：「公子，是西里王成王先生帶來的匠人。」

「王先生？」

「哦，聽說住在西里，似乎在海西頗有些威望。他聽說老爺上任，一大早便來拜訪，還帶來兩個工匠，說是幫咱們把縣衙大門修好。此刻正在花廳和老爺說話……您看，他來了！」

曹朋順著胡班手指的方向看去，就見一個中年男子和鄧稷說笑著一路走出來。

「友學，快來見過王先生！」看到曹朋，鄧稷便招了招手。

「這是我的妻弟，此次隨我一同赴任。」說著，他又向曹朋介紹道：「友學，這位就是西里的王成王先生，也是本地有名的縉紳。呵呵，你以後若是有什麼疑問，不妨多請教先生。」

曹朋走上前去，一拱手，「王先生！」

王成是個四十多歲的中年文士，白面黑鬚，長得是一表人才。個頭不算太高，大約在一七〇到一七三之間。一襲黑衫，倒也正合了周禮習俗。不過，這王成並不似一般的文士書生，他很敦實、很強壯。他看到曹朋，眸光一閃，連忙拱手回禮，一臉笑容。

「鄧縣令留步，以後若有什麼吩咐，只管喚我便是。」王成說著，與鄧稷告辭。

這時，就見典滿、許儀等人從遠處跑過來。

「阿福！」典滿大聲叫喊，來到門前咧嘴笑道：「嘿嘿，你沒事吧？我……啊，鄧大哥。」

「阿滿，你們這是……」

不等典滿開口，曹朋道：「哦，我們剛才比試賽跑，沒什麼。」

柿子要挑軟的捏

「賽跑?」鄧稷疑惑的看了一眼典滿等人，又看了看曹朋，沒有再追問下去。而王成正準備上車，見到這一幕，先愣了一下，旋即便鑽進馬車裡。

曹朋眼睛一瞇，露出沉吟之色。

「阿福，你們剛才幹什麼去了?」

「姐夫，我們進去說話。」

曹朋擺擺手，推著鄧稷往縣衙裡面走。典滿、許儀忙帶著人，緊跟著曹朋身後，魚貫而入。眾人來到花廳，濮陽闓正準備離開。

「濮陽先生，你且留步。」

曹朋連忙喚住了濮陽闓，而後對許儀和典滿使了一個眼色，兩人立刻往後院溜走。

「姐夫，王成……來做什麼?」

「哦，他聽說我過來，所以前來拜會。」

鄧稷在主位坐下，曹朋和濮陽闓則跪坐於蒲席上。王買和鄧範兩人非常自覺的守在花廳外面，不使人來打攪曹朋等人的談話。

「拜會?」曹朋想了想，問道:「這王成的情況，可曾瞭解?」

「哦，瞭解了一些。」鄧稷說著，從書案上拿起一卷案牘，攤開來說：「這王成本是琅琊東安人，表字明偉。據這戶籍上所講，他是東安王氏族人，因受戰亂之苦，於是遷來海西定居。這個人在海西有一些名望，負責教授孩童，而且仗義疏財……歷任縣令對此人都頗有讚賞之語。」

曹朋說：「我也聽說過這個人。十年前來到海西，口碑很不錯。」

「所以？」濮陽闓聽出，曹朋話裡有話。

曹朋問道：「東安王氏，我沒聽說過。不過琅琊大族在過去幾年中，幾乎走得一個精光，恐怕也不好查詢。這個人的口碑的確不差，但也只是這十年間而已。十年前，此人是什麼來路？」

鄧稷一蹙眉，「阿福，你的意思是？」

「剛才我觀察了一下，王成恐怕沒有這案牘中記載的那麼簡單。」

「什麼意思？」

「他站立時，兩腿無法併攏，那是經常騎馬造成的結果。行走時，步履間距很大，虎虎生風，也非高明之士所為。此外，他的手掌掌心粗糙，虎口有一層老繭，分明是長時間使用兵器造成的結果。雖然他努力的控制，但手掌總是呈現一個攏手的形狀，那可不是用筆所致。一般人上車，都會有一個墊腳凳，而他是直接竄上去……」

「姐夫，我知道你想要盡快打開局面，但我覺得還是應該多一份小心。這些年來，海西動盪，致使許多案牘流失，我們所看到的東西都不是特別完整……王成不過一普通人，海西經歷過這麼多事故，他卻始終能安然無恙，這本身就已經說明了問題。」曹朋那顆刑警的心騷動起來。

鄧稷陷入沉思，而濮陽闓則露出凝重之色。

「我們眼睛所看到的一切，其實並不一定都是真實的。姐夫，你修刑名，更應該有刨根問底的習慣。首先，王成十年前究竟是做什麼的？他說他是東安人，可曾派人去東安查問過？其次，十年來王成在海西究竟是靠什麼為生？據我所知他手裡有幾百畝的良田沃土，這些田地又如何得來？還有，十年來海西經歷過這麼多的事情，他憑什麼可以安然無事？你來到海西，所有人都在觀望，他為何會登門拜訪？要知道海西人對朝廷並無什麼歸屬感，對你我大都還處在觀望，他這麼快過來又有什麼目的？他就不害怕海西的那些人對付他？這或許有些多疑，但小心無大錯。」

濮陽闓連連點頭，「叔孫，看起來咱們都想得太簡單了！」

「姐夫，昨天馮超說海西有三害，但我覺得，三害之名不免有些籠統……要立足海西，我們必須要弄清楚這裡的狀況。比如城外的麥家莊，你可曾拜訪過？麥熊麥老大人當年曾是太中大夫，也算一方豪紳。麥老大人身體不適，早已不見客，但我覺得你還是應該去拜訪一下，這是一個禮數。其次，北集市的商蠹子又以陳升為主。這個陳升是什麼來歷，你可曾仔細的打探過？此人幾乎壟斷了半個北集市，海西民生都掌握在他手中，如果你不能把他打掉，又怎能立足？」

「陳升？」鄧稷愣了一下，扭頭向濮陽闓看去。濮陽闓搖了搖頭，表示並不清楚這個人。

「姐夫，我覺得咱們現在，還不是拉攏人心的時候。」

「此話怎講？」

「海西過去數年間，動盪不止，百姓對縣衙早已經失去了信心……你看咱們抵達海西至今，那些海西百姓似乎並沒有任何反應，這說明在咱們沒有到來前，海西縣已經形成了一套它特有的規矩。在我們沒有做出成績之前，我敢說這些海西的百姓，絕不會站在我們一邊。大家對我們都沒有信心，我們又怎可能拉攏到人心？所以，姐夫當務之急是要做出一些成績，讓海西的百姓對咱們產生信任，對朝廷重拾信心，不然的話，我們所做的一切都如空中樓閣，皆為虛幻。」

「做出成績？」鄧稷向濮陽闓看過去，「先生，你以為如何？」

濮陽闓沉吟許久，用力點了點頭，「友學由小而大，所言頗持重，的確有一番道理。看來我們都有些過於急躁了，一上來就去盯著海賊啊、鹽梟啊……都忘記了『信』字的重要性。友學說得不錯，海西縣如今經歷這麼多的動盪，朝廷威信早已經蕩然無存，如果我們想要立足，就必須要以『信』為先。否則民心不得用，我們就算做的再多也沒有用處……我看了先前幾任縣令，到任後莫不是信誓旦旦，然則十年過去，死的死，走的走，沒有一個人能夠在海西縣待得長久……『信』、『信』……當年商君城門立木，不就是求的一個『信』嗎？」

「友學，那你來說說看，海西三害，我們應該從何處著手，才能夠在海西重立『信』字？」

濮陽闓頗有興趣的看著曹朋。

鄧稷則陷入沉思……「有了！」他突然一拍書案，旋即啞然失笑。「阿福，你先說。」

在鄧稷和濮陽闓的面前，曹朋倒不會感到什麼約束，也不會有什麼顧慮。

「我以為，想要立『信』於海西，必先奪北集市。」

「哦？你是說，剷除陳升嗎？」鄧稷目光一凝，彷彿自言自語，「北集市掌控著海西民生，奪了北集市，就等於控制了海西民生要害……嗯，相比起海賊行蹤詭譎，相比起鹽梟實力雄厚，商蠹子倒顯得不足為慮。偏偏這些商蠹子，危害最大。」

曹朋笑道：「中陽山有句老話，柿子要挑軟的捏！三顆柿子裡，尤以陳升是一個軟柿子。」

鄧稷聽聞愕然！他還真不曉得，中陽山有這麼一句話老話。不過仔細回味起來，卻又好像有著極為深刻的道理……好吧，那就先對付陳升！

章六

一手遮天

細讀案牘，就不難發現一個規律。在過去數年間的歷任海西令，並非全都是胸無點墨，酒囊飯袋之輩。不論是朝廷委派，還是有地方直接安排，不少人都是懷著將海西縣治理好的目的前來赴任。這其中，自然也包括了馮超的父親，馮爰。

但幾乎是所有人，似乎都犯了一個錯誤，那就是急於求成……

每一個人都希望盡快將海西縣恢復到正常的運轉之中，為此他們糾集人手，打擊海賊，圍剿盜匪。包括馮爰，則是希望透過打擊鹽梟、控制鹽路，來增強海西縣的力量。不可否認，一旦他們成功，將會給海西縣帶來巨大的變化。

可問題是，海西縣問題由來已久，非一、兩天就可以改頭換面。前任們一次次給海西人帶來了希望，又一次次讓海西人陷入了絕望。到最後，已無人再去考慮什麼改變，得過且過……至少，海西雖亂，卻也不是不能夠生存下去。

就連鄧稷在內，似乎也走入了這個誤區。好在曹朋對他的計畫提出了反對，讓他打開了另一扇門窗。

海賊、盜匪、鹽梟……說起來全都是海西城外的禍害。於海西而言，這些禍害所造成的傷害，可能遠遠比不上海西縣內的諸多問題。

海賊，你打得絕嗎？

鹽梟，你控制得住嗎？

這需要一個非常漫長的過程，也許不是一、兩任縣令能夠做到的事情。

海西人付出了許多，卻收穫了無數的失望，在這樣的情況下，海西人憑什麼還要相信官府？

鄧稷，必須要為他的那些前任們買單。

對海西人而言，鄧稷的到來，還是引起了他們的關注。不過，沒有人去主動接觸官府，僅是靜靜的在一旁觀瞧。而王成從縣衙離開之後，非常興奮的回到西里，他告訴大家，新任的海西令是一個有抱負的人，一定會給海西帶來改變……

「老爺，王成那傢伙可是很張狂啊。」

位於海西城北的一座宅院裡，陳升半倚在榻上，聆聽手下人的彙報。他年紀約四十出頭，身材略顯瘦削，長得也是眉清目秀。白面，黑鬚，手指皮膚非常柔嫩。他手裡把玩著一顆嬰兒拳頭大小的白玉球，一副漫不經心的表情說道：「他怎麼張狂了？」

陳升說話很柔和，絲毫不帶一點火氣。如果不知道他的身分，走在街上，會把他當成一個文質彬彬的士人。

廳堂上，一個精瘦的灰衣男子連忙回答：「王成說那個新來的海西令背景很深，很有手段。這一次曹司空把他派過來，就是要解決海西的現狀。他還說，這位鄧海西不日就會動手……」

陳升冷嗤一聲，翻身坐起，「還不是老一套？所有過來海西的人都說要有大作為，結果呢？老子還在這裡，海西縣也沒看到什麼變化。對了，王成有沒有說，這位鄧海西準備怎麼做？」

「哈，如主公所言，都是老一套。聽說又要徵召隸役，還說要消滅海賊、盜匪之類的言語……小僕也過去聽了一耳朵，沒什麼新東西。老爺，要不小僕去搗搗亂，到時候給這個鄧海西一個下馬威，讓他弄明白這海西縣誰才是真正的當家。」

「不用！」陳升站起身來，舒展一下身子。「到時候他自己就會知道，海西縣不是他們這些人能把握的。對了，除了這些，還有沒有其他事情？我是說，有沒有哪個不長眼的，趁機給咱們添亂鬧事？」

精瘦漢子想了想，「倒是有那麼一點小岔子。晌午時，有人在北集市鬧事，動手打了咱們的人。後來還來了一幫子人，砸了咱們的店鋪。起因嘛，據說那個傢伙輸光了錢，想要賴帳……還有，砸咱們鋪子的人，好像就是鄧海西的人。老爺，你說會不會是鄧海西想要針對咱們，所以故意找人來砸咱們的鋪子？」

陳升一皺眉，臉上頓時浮現出一股戾氣，「他要是不長眼，那就別怪我不給朝廷臉面！傳話下去，從明天開始，把海西的糧價漲三成。」

「喏！」

陳升冷冷一笑，「他要是不老實一點，我就讓他在海西連一天都待不下去。」

精瘦漢子嘿嘿直笑，眼中流露出一抹敬佩之意。陳升對這種眼光，也是非常的享受！他一副自得的模樣，把玩著玉球往屋外走，一邊走，還一邊自言自語：「倒要看你能堅持多久！」

第二天，海西的糧價，暴漲三成。

一時間人心惶惶，對這突然到來的漲價，表現出極為不滿的情緒。為什麼會漲價？原來一斛粟米，也就是一百錢左右，現在突然漲了糧價，使得海西人的生活頓時變得困難起來。

有人傳出了消息——是海西令讓人砸了陳升的店鋪，惹怒了陳升，所以才出現這種結果。

這個海西令來到海西縣，什麼都沒有做，卻招惹是非。現在可好，連生活都變得艱難許多。

這傢伙根本就是個掃把星！

「聽說，那個鄧海西準備徵召人手，圍剿盜賊。」

「那讓他去嘛……一個廢人，看他能折騰出什麼花樣來。反正我是絕不會應徵，有本事讓他來抓我。」

「我也不打算去！」

「就是就是，咱們都不去，看他能奈何咱們！」

短短一天的時間，海西人便對鄧稷產生了極為強烈的牴觸感。

許多人都準備看熱鬧……他們想看看，到底這位鄧海西有什麼本事來挽回敗局？是向陳升低頭？還是準備灰溜溜的離開？反正，他走不走都無所謂，海西可從來沒當有這麼一個人。

更有甚者，還開出了賭盤，賭鄧稷能待多久。

「哦？那結果如何？」鄧稷笑呵呵的看著曹朋，饒有興趣的問道。

設出這個賭局的人，其實就是曹朋。

他很嚴肅的說：「有三成人賭你挺不過三個月；有兩成人認為你撐不住半年。」

「那不是挺不錯？至少還有一半人認為我能撐過半年嘛。」

「可問題是，沒人認為你能撐過半年。剩下的一半人認為你會丟了性命，死無葬身之地。」

鄧稷本來還笑咪咪的，聽完這句話，不由得露出嚴肅表情。「看起來，海西人挺剽悍。」

曹朋說：「我還開出了你能撐過一年的盤口，但是沒有人投注。姐夫，這可不是一件好事。陳升只不過小小的出了一招，就讓整個海西和咱們敵對起來了。」

「是啊，胡班今天還說，他去買糧食，都沒有人願意賣給他，只好從曲陽人手裡購高價米。咱們這麼多人，如果不能盡快解決這件事情，恐怕不用三個月，我連一個月都堅持不住。」鄧稷憂心忡忡，輕輕撫摸著頷下的短鬚。

「姐夫，動手吧。」

鄧稷咂巴咂巴嘴，在房間裡徘徊。「阿福，這樣一來，會不會讓咱們和海西完全敵對？」

「你要向陳升低頭嗎？」
「這個……當然不可能。」
「不低頭，那就只有動手。反正是背水一戰，容不得咱們退縮。我就不相信，陳升還能一手遮天？」
「那，就依你所言！」
鄧稷沉吟許久，一咬牙，拿定了主意！反正已沒有退路，不是陳升完蛋，就是自家倒楣……
日子一天天過去，眨眼間，鄧稷來到海西已有五日。這五天裡，海西的情況越來越緊張。陳升在三日裡連續兩次提價，使糧價整整高一倍，同時又命人從東海購糧，準備給鄧稷一個好看。
你就算是想購糧平抑糧價，我先把周圍的糧價都給炒起來，看你低不低頭！
不得不說，陳升這一招的確是毒辣。海西百姓對鄧稷的怨念越來越重，而海西的商人們則在一旁看笑話。在他們看來，鄧稷不過空有一個海西令的頭銜，又怎能鬥得過地頭蛇陳升？
不過，在第六天，北集市的商人們都收到了一封請柬。
發請柬的人正是鄧稷，約北集市的商人在天黑時至縣衙飲酒，鄧稷有事情要和他們商議。

陳升也收到了一份請柬，但旋即就扔進了火盆裡。

「老子缺他那一杯酒嗎？」陳升哈哈大笑。「不過一豎子爾，也敢和我作對？放出消息，就說誰敢去鄧稷那裡飲酒，誰就是與我作對。」

「若是鄧稷準備向你低頭……」

「那就讓他綁著他的妻弟，登門認罪。」陳升冷冷一笑，轉身便回到了屋內。

當晚，縣衙門頭，高懸彩燈。可門外卻是門可羅雀，冷冷清清的，不見一個人。

鄧稷站在堂上，看著冷冷清清的大堂，臉色陰鬱得快要滴出水來。

「好手段，好手段！」他咬牙切齒，沉聲罵道：「他陳升，果然是好手段啊！」

「王成，王先生到！」

就在這時，只聽縣衙外傳來一聲高呼。緊跟著，王成邁步走進縣衙，遠遠的便和鄧稷拱手打招呼：「鄧海西，王某來遲，恕罪，恕罪。」

「王先生能來，下官感激不盡，焉有罪過可言？」

王成走到堂上，目光一掃，眉頭頓時一蹙。他看一眼鄧稷，輕聲道：「怎麼，沒人來嗎？」

鄧稷搖搖頭，用力呼出一口濁氣。「沒關係，就算沒人來，咱們一樣可一醉方休。來人，把酒宴賞下去，大家與我同醉。」說罷，一把拉住王成的胳膊：「明偉兄，咱們今天不醉不歸！」

「麥仁，麥老爺到！」

鄧稷和王成不由得同時停下了腳步。兩人回身看過去，只見從縣衙外面走進來一個錦衣中年男子。他看上去矮矮胖胖，臉圓圓的，好像一尊彌勒般總帶著笑容，身材不高，而且給人一種好像喝多了的感覺。此人就是海西縣的另一位巨頭，前太中大夫麥熊之子，今海西孝廉麥仁。

鄧稷在來到海西的第三天，就去拜訪了麥熊。不過，由於麥熊身體不是太好，所以並未出面接待鄧稷。鄧稷倒也不惱，老人家身體不適，他總不能強迫對方接見自己。再者說了，鄧稷拜訪麥熊，也只是一個禮貌。

那天，接見鄧稷的人就是麥仁。這個人就如馮超所言，酷愛飲酒，整天都醉醺醺的。

麥仁也沒有客氣，只說他那族人麥成被關在牢中，請鄧稷放了他。除此之外，麥仁也沒有說什麼，還代表了麥熊以及海西父老，在家裡招待了鄧稷一頓酒宴。

鄧稷回來後，就放走了麥成，因為他實在是找不出麥成的破綻。這傢伙刁滑至極，一個勁兒的喊冤，鄧稷沒辦法治罪，也不好輕易對他用刑。既然麥仁開口求情，鄧稷也樂得做順水人情，便放了麥成回家去。

麥仁笑呵呵道：「鄧海西，麥某冒昧前來，討一杯水酒，不知可否？」

鄧稷這一次並沒有邀請麥仁，所以他也算是不請自來。

「麥大兄，你能前來，小弟正求之不得。」

說著話，他三人走進了大堂。

「這麼多好酒，居然沒有人前來？」麥仁走進大堂後，看著冷清清的廳堂，也蹙起了眉頭。

他不由得怒道：「海西人眼中還有沒有朝廷？實在、實在、實在是太猖狂了！」

王成也感慨萬千道：「子衿兄，我剛才也在和鄧海西說這件事情。一縣之長請他治下的子民飲酒，居然一個都不肯過來。這海西，究竟還是不是漢室的疆土？實在是太無禮，太無禮！」

麥仁拱手，「鄧海西，今日麥仁就代海西父老向你賠罪。早晚有一天，他們會知道誰才真心為海西著想……氣煞我也！鄧海西，今日我定要好生敬你幾杯。」

「如此，本官卻之不恭。」鄧稷微微一笑，渾若無事般，請兩人坐下。

「咦，鄧海西，你那位妻弟何在？」

「王先生說的可是友學嗎？」鄧稷擺了擺手，「他就會給我添麻煩，我已命他去想辦法購

糧，盡快解決海西目前的狀況。」

「他……購糧？」王成搔搔頭，「友學能成嗎？」

「哈，有什麼成不成？」鄧稷突然口氣一轉，頗有些驕傲道：「你們別看友學年紀不大，卻比我聰慧百倍。當年，若非陰差陽錯，說不定他現在已拜入了襄陽鹿門山龐公的門下求學。」

麥仁聽聞，不由得一怔，「可是鹿門龐尚書？」

「正是！」

王成和麥仁不由得相視一眼。

「哈，我就說，似友學那般聰慧之人，又豈是等閒之輩？」兩人說罷，齊刷刷點頭。

鄧稷微微一笑，臉上露出自豪之色，「他說他有辦法購糧，那一定能解決問題，我又何必操心？本來……我想要邀請海西的商家，商討一些事情。今天他們既然不來，那以後再想吃這杯酒，恐怕沒那麼容易。」

「商討事情？」王成好像來了興趣，「鄧海西，要商討什麼事情？」

「呃，反正沒有人來，說出來也沒有用。商賈之事，不登大雅之堂。兩位皆品德高明之士，說出來汙了兩位的耳朵。算了、算了，咱們不說這個。飲酒，飲酒！咱們今日，不醉不歸。」說罷，鄧稷舉杯邀酒。

王成和麥仁則舉杯回應，三人將爵中酒一飲而盡，然後相視哈哈大笑。

與此同時，海西北里陳府，陳升正坐在堂上，與人開懷痛飲。廳堂上，坐著的都是海西有頭有臉的人物，幾乎包括了整個海西所有的商人大賈，還有一些合作者。

「哈，那獨臂狗官，現在怕正大發雷霆吧。」

一個商人站起來，笑呵呵道：「他也不打聽打聽，這海西縣，什麼時候輪到外人發話？」

「就是！那狗官居然和陳老爺作對，我看他是活得不耐煩了。」

「誒，話不能這麼說。」陳升臉一沉，擺手制止了商人們的吹捧，「怎麼說，鄧縣令也是朝廷命官。咱們這等小民，就算不給鄧縣令面子，也要給朝廷面子，狗官狗官的，成何體統？」

「哈哈哈，沒錯沒錯，給朝廷幾分面子。」大賈們連聲稱道。

「那陳老爺說，咱們該如何稱呼呢？」

「呃……」陳升做出一副為難的模樣，半晌後裝作很無奈的表情，「思來想去，好像還是狗官最合適……哈哈哈哈！」

商人們先是一怔，旋即爆出哄然大笑。

這時候，有奴僕進來，在陳升耳邊低語了兩句。陳升眉頭一蹙，露出不快之色。

「陳老爺，出了什麼事？」

「諸位，王成和麥孝廉，去了縣衙。」

「啊？」

「諸位，我陳升自認為海西可算得上是盡心竭力。可這個王成，卻屢次與我作對，實在是令人氣惱。他仗著讀過幾本書，視咱們若無物。大家都是海西人，自當齊心協力，偏他總是和咱們作對。此前，咱們看在他的名氣上，不與他計較！但今天，他分明是削我面子。」

「這王成，的確是不知好歹。」

無論是陳升，還是其他人，有意無意的都忽視了麥仁也過去的事實。

王成，說穿了就是個小地主，一個教書匠；可麥仁，卻是實打實的海西豪族。在座的這些人敢無視朝廷、無視官府，卻不能無視麥仁……哪怕張狂如陳升，也不敢開罪麥家。

「我準備給王成一些教訓，大家以為如何？」

商人們你看看我、我看看你，有些不知該說什麼好。

陳升道：「看在他也為海西出過不少力，我也不取他性命，把他趕出海西就是……他名下那些田地我也不要，到時候誰有興趣，買走就是！我教訓他，不是因為他總和我作對。我只是想告訴大家，咱們都是為了海西著想，誰敢出賣咱們，咱們就不讓他好過！」

「對，不讓他好過！」一時間，商人們群情激奮，振臂高呼。

陳升看到這副情形，臉上也不禁露出了極為燦爛的笑容。

哈，朝廷？又算個什麼！在海西這一畝三分地，還是我陳子齊說了算……

「老爺，出事了！」

眾人酒興正濃，忽見一僕人一路小跑，踉踉蹌蹌來到廳堂上。陳升頓時心生不快，只是當著許多人的面，他又不好發作，於是臉一沉，站了起來。

「什麼事，如此驚慌？」

「老爺，咱們的糧車，咱們的糧車……」

「糧車怎麼了？」

「糧車，被人給劫了！」

章七 雷霆手段

夜已深，海西縣陷入一派清冷沉寂中。貫通海西兩城門的主街不見人跡，所有人都早早關閉房門，鑽進暖和的被窩裡睡覺。北集市的幾座酒坊仍開張，從裡面傳出鶯歌燕舞，與寂靜的海西形成鮮明對比。

「出大事了！」有人闖進了酒坊，朝著酒坊的掌櫃大聲喊道：「趕快停業，趕快停業！」

「怎麼了？」

在酒坊裡飲酒的人，大都是過路行商。不過，說是行商，卻三教九流，魚龍混雜，什麼人都有。掛了一個行商的名頭，私下裡究竟做的什麼大事，誰也不知道。別看他們表面上稱兄道弟，也許扭頭就會有人拔刀子捅上一下。海西縣，從來都不會缺少那種亡命之徒……

來人氣喘吁吁，「剛得到消息，新任縣令，截下了陳老爺的貨物！聽說陳老爺剛從外面收來了五千石糧米，花費數千萬錢，沒想到被劫走了……今天晚上，肯定會有大事發生。趕快回住所去，免得受到牽連。我先走了，還要到其他地方通報消息。」

「什麼！這狗官，好大的膽子！」

酒坊內，酒客們一個個面面相覷。有人忍不住發出感慨，卻引來了所有人警惕的目光。

鄧稷突然發難，而且如此狠辣，出乎所有人的預料之外。他憑藉什麼？如果鄧稷沒有把握，又怎可能做出這麼大的事情，等同於和陳升徹底反目，再無半點寰轉餘地。如果鄧稷真的能幹掉陳升的話，那麼海西縣裡，還有誰敢和他明目張膽的作對？那畢竟是朝廷官員！

狗官，這個稱呼在一刻鐘前，沒有人會在意。可是現在……

「會帳！」有機靈的把懷中的裸女推倒在地，丟下一把銅錢，便匆匆離開。

有第一個人，便有第二個、第三個……眨眼間，剛才還歌舞昇平的酒坊就變得冷冷清清。酒坊的夥計們更不敢懈怠，匆忙將坊門關閉。

鹿死誰手，到天亮就可以見分曉了！

陳府，花廳內，客人們都已經離去，只剩下陳升端坐主位。他臉色鐵青，看著廳堂上那匍匐在地的家奴，好半天才強壓著怒火，低吼道：「說吧，究竟是怎麼回事？」

「回老爺的話，小的們在曲陽、淮浦等地收購糧米之後，便連夜趕回。沒想到，剛過了游水，便遭遇一夥強人的襲擊，兄弟們根本沒有提防，加之那夥強人實在凶悍，一下子就幹掉了我們十幾個兄弟。小的們拚死抵抗，奈何對方人多勢眾，且他們那幾個領頭的人太過悍勇，幾乎都是以一當十的狠人，兄弟們死傷慘重，小人拚死才逃出來。」

「可看清楚，對方是什麼人？」

「是那狗官的下屬。」

「你怎麼知道？」

「老爺曾命小人監視縣衙，所以小人對狗官的人也都非常熟悉。有兩個少年，就是那天砸了咱們店鋪的傢伙，還有那個賴帳的人也在……除此之外，小人還看到了狗官的那個黑臉護衛。所以小人可以肯定，就是那狗官做的好事！老爺，請為小的們做主啊！」

陳升一巴掌拍在書案上，暴跳如雷，「狗官，你欺我太甚！」儒雅的氣質早已是蕩然無存。

他深吸一口氣，在花廳內徘徊，思忖著對策。

「老爺，這件事，可真不能忍！」

「哦？」陳升抬頭，向說話的人看去。

此人名叫黃一，是陳升的幕僚。說起這個黃一的來歷，還真有那麼一點故事。他的叔父，就是太平道的祭酒，同時也是青州黃巾的軍師黃劭。不過青州黃巾作亂，被曹操鎮壓，黃劭也被曹洪所殺……黃一走投無路，便來到陳升手下做事，當起了陳升的狗頭軍師。

黃一說：「狗官這麼做，分明是針對老爺。他劫了老爺的糧米，就可以平抑海西的糧價，改變海西百姓對他的看法，如果咱們繼續抬價，只怕海西人就會對老爺產生不滿。同時，他也藉此手段，藉老爺的名頭，在海西站穩腳跟。這狗官和早先的那些人不一樣，他表面上高喊著要圍剿海賊，可實際上，卻是在針對老爺。」

這就叫殺雞儆猴！海西的賈人們，就是猴子，而陳升就是那隻『雞』。

黃一這麼一解釋，陳升立刻省悟過來，「那你說，咱們該怎麼做？」

「老爺，一不做，二不休，咱們幹了這狗官就是。」黃一的臉上，露出一抹陰森之色。

「老爺別忘了，狗官手裡也只有那麼多人，他既然派人去截糧，說明他縣衙裡的護衛並不多。如果等他把咱們的糧米拉進城，咱們再想反擊，恐怕就困難了！倒不如趁著他現在手中沒什麼人，先把他幹掉，到時候咱們假託是海賊所為，誰也不會真的來過問！反正，這也不是第一次發生這種事情了，如此就算再發生，也很正常……狗官一死，海西人還是得聽老爺的……這時候，絕不可心慈手軟！老爺，別忘了咱本來是幹什麼出身。」

陳升的眼睛瞇了起來。他猶豫了許久，突然仰天一聲長嘆。

「我本不欲重操舊業，是你逼我如此。」他抬起頭，厲聲喝道：「養兵千日，用兵一時。黃一，你立刻去召集人手，隨我前往縣衙，取那狗官的性命。告訴下面，就說事成之後，我陳升絕不會虧待他們。只要參加，每個月增加一百例錢……誰幫了我陳升，我都會記住。」

黃一哈哈大笑，拱手道：「老爺高明！」

「取我長矛來。」陳升面頰抽搐幾下，對下面吩咐了一聲。

他返回內室，取出鎧甲，披掛整齊。有家奴牽馬過來，陳升踩著那馬奴的脊梁，跨坐馬上。這時候，黃一也召集來了兩百多爪牙，一個個手持兵器，如同凶神惡煞般，聚在陳府門外。

陳升催馬衝出府門，執矛高舉：「兄弟們，這海西是咱們的海西，誰敢斷了咱們的活路，咱們就跟他們拚命！」

此時的陳升，哪裡還有半點文士的氣質，那話語那表情，活脫脫就是一個土匪強盜的嘴臉。

爪牙們聽聞，振臂高呼：「殺死狗官！」

「隨我出擊！」陳升臉上露出滿意的笑容，撥轉馬頭，一馬當先。

兩百多爪牙緊隨其後，朝著縣衙方向，蜂擁而去……

縣衙，花廳之中，鄧稷醉眼迷濛，將杯中酒一飲而盡。

「鄧縣令，別喝了！」

鄧稷卻連連擺手，「沒事，本官尚未盡興呢。」

「何故如此開懷？」麥仁忍不住好奇的問道。

鄧稷微微一笑，「我今日宴請，本是想要大家看一齣好戲，可惜……不過沒關係，過了今晚，這海西，還是咱大漢江山的。」

「哦？」麥仁和王成露出驚異之色，正想要詢問詳情，卻見胡班匆匆從花廳外走進來。

他在鄧稷耳邊低聲說了幾句話，鄧稷臉上頓時露出幾分笑容，早先的迷濛之色頓時消失不見。他長身而起，忽而聲音凌厲：「來人，取我兵器。」

有家奴立刻捧一口繯首刀，走進花廳。

鄧稷探獨臂，一把抓住繯首刀，衝著麥仁和王成說：「兩位，可願隨本官看一齣好戲嗎？」

「啊，大人相請，我等豈能推辭？」王成和麥仁此刻也覺察到事情有些不太對勁，看來鄧稷今天擺的這頓酒，並非普通的酒宴。說句不好聽的話，今天這頓酒就是站隊酒。今天誰坐在這裡，恐怕日後在海西將會暢通無阻；那些沒有來的人，恐怕要倒楣了……

只不過，他二人還是有些好奇。鄧稷究竟打算怎麼做，來化解陳升所給他的壓力？

王成的眉毛輕輕抖動，而麥仁本也有些迷離的目光，一下子變得清澈起來……他們都清楚的感受到，眼前這位獨臂縣令，恐怕和以往的那些人並不一樣。

二人隨著鄧稷走出花廳，來到了縣衙前院。原本這前院還有一個獨立的小跨院，不過這幾日因修繕縣衙而被拆毀。小跨院裡豎起了一座木製塔樓，高約有三丈，鄧稷帶著王成和麥仁登上塔樓之後，舉目向外面眺望，只見長街盡頭，火光閃動。

鄧稷一笑，扭頭道：「好戲來了！」

王成和麥仁連忙凝神向縣衙外看去。

陳升縱馬擰槍，帶著一干爪牙，向縣衙浩浩蕩蕩的撲來。恍惚間，他好像又回到了當年在泰山郡興風作浪的那段時光。十年了……一晃就過去十年！原以為自己會脫離那種生活，沒想到卻又重新開始。其實，過往十年裡，他何時又真正脫離過那種血與火的日子？

陳升原本是泰山郡蒙山腳下的一個教書匠，年輕時因殺了本地一個土豪，被迫上山為山賊。中平元年，陳升加入了太平道。不過還沒等他來得及有所作為，太平道便煙消雲散。於是他帶著自己的部下重回蒙山為賊，也著實快活逍遙數載。然則中平二年，冀州刺史王芬密謀廢漢靈帝劉宏，欲立合肥侯為帝。事發後，漢靈帝暴怒，又引發出新一輪的清剿。陳升很不幸也受到此事牽連，蒙山老巢被毀，他帶著劫掠而來的財富逃至海西。

十年過去了，陳升在海西站住了腳跟，他親眼看著一任任縣令匆匆來、匆匆走，海西縣從大治，逐漸變成了今日這副模樣。而陳升則在這一次次風雲變幻之中，實力日益龐大起來。

這海西，是我的！這海西，是我一手打造出來！誰想搶走我的海西縣，我就和他誓不兩立！

坐在馬上，陳升不斷的給自己鼓勁兒。當年叱吒風雲，殺人如麻，未想到今日竟有些顫抖了。難道說，自己老了？身後的爪牙們耀武揚威，可是他坐在馬上，思緒卻是千回百轉。

過了前面的拱門，就是縣衙！陳升吸一口氣：事到如今，已別無退路！

「陳子齊，爾聚眾謀反，攻擊縣衙，還不趕快束手就縛？」

就在陳升剛下定決心，人來到拱門下的時候，忽聽有人高聲喊喝。

他心裡激靈靈一個寒顫，連忙抬頭，大聲喊道：「誰！」

「你家少爺，在此恭候多時！」長街的暗處，傳來一陣急促的馬蹄聲。一道白影從黑暗中竄出，快如流星閃電，馬上端坐一員小將，身著一身白色戰袍，外罩一件素白爛銀甲，掌中一口七尺長刀。小將幾乎是貼在馬背上，和戰馬完全合為一體一般。在陳升的眼中，看不清楚哪個是人，哪個是馬，只覺一道白色閃電呼嘯著朝他衝過來。

那匹白馬，神駿異常，身長一丈二，體魄雄健奇魁。奔跑的時候，馬身幾乎成一條直線，馬尾巴和馬首平行。四蹄踏踩碎石長街，發出金鐵交鳴的聲響。噠噠噠噠……那急促的馬蹄聲，猶如戰鼓轟鳴，震懾人心。陳升嚇了一跳，端起長槍，厲聲喝道：「來者何人，通名拿命！」

也許，真的是久離殺戮，這戰場上最為普通的切口，居然也說錯了！

通名受死，卻變成了通名拿命？那不就是說，你先把名字報上來，然後再把我的命給拿走？

陳升話一出口，立刻就覺察到不對，想要改口，對方就到了跟前。

說時遲，那時快，馬背上的小將突然間在馬上長身而起。按道理說，他坐在馬上本不應該起身，可是卻突然間好像了站起來。人與馬驟然分離，令人頓生一種視覺上的錯覺，就好像是無端出現了一個人一樣。而白馬在小將長身的一瞬間，陡然就是一個短程加速。

一抹寒光呼嘯而來，長刀出鞘的一剎那，帶著一股撕裂空氣的刺耳銳嘯，呼的就劈斬過來。

「啊！」陳升不由得大叫一聲，連忙舉槍相迎。只聽鐺、喀嚓……陳升手中那根青銅長矛，竟然被對方的長刀如切豆腐般斬為兩段。刀勢凶狠，速度絲毫不減。陳升被對方斬斷了長矛，腦袋嗡的一聲響，心裡暗叫一聲不好，可身子卻好像動彈不得一樣，一下子僵在了馬上。

人如虎，馬如龍！

七尺長刀貼在陳升的衣甲上劃過，發出了金屬摩擦的刺耳聲息。火星飛濺，陳升卻好像毫無所覺。白馬從他身邊掠過，頭也不回衝進了人群之中，馬上的小將揮刀劈斬，但見刀雲翻滾，刀光過處，血肉橫飛，只殺得那些爪牙們慘叫不停。兩百多人的隊伍，被白馬小將瞬間鑿穿。

他衝到長街的另一頭，猛然勒馬回轉，長刀低垂。一溜血珠子順著刀脊滑落，滴落在地面上，發出啪唧輕響。只見他摘下頭上素色兜鍪，露出一張清秀的面龐，手中長刀緩緩舉起來，刀尖指著陳升等人，一言不發。

陳升一提馬轠繩，撥馬回身。刀口在他身上掠過的時候，只覺得一涼，似乎並未造成大礙，可是當他一動，身上的衣甲嘩啦就脫落下去。陳升連忙低頭看，胸前的衣服已經被鮮血浸透。刀口不但撕裂了衣甲，更順著他的肩膀拖刀直拉下來，到胯部才算停住。
只是，這一刀太快了！快得猶如閃電，陳升並沒有任何感覺，但他一動，傷口頓時破開，腸子從傷口處嘩啦啦掉了出來。陳升想要說話，可張了張嘴巴，硬是發不出聲音。他抬起手指向那白馬小將，臉上猶自帶著不可思議的表情，身體在馬上晃兩晃，撲通一聲掉落馬下，氣絕身亡。
白馬小將的臉上依舊沒有任何表情流露，手中的長刀猶自指著陳升的那些爪牙，紋絲不動！
「陳老爺……死了？」
「不好了，陳老爺死了……」剎那間，爪牙們亂成了一團。
「所有人聽著，立刻放下武器，否則格殺勿論！」
「放下武器，格殺勿論！」隨著白馬小將一聲厲喝，長街兩端頓時迴響起一連串的咆哮聲。
王買和夏侯蘭帶著十餘名扈從，從縣衙方向出現在長街上，鄧範也帶著十幾個人在長街的另一頭出現，迅速來到白馬小將的身後。那白馬小將縱馬盤旋，照夜白希聿聿長嘶，在長街的上空迴盪不息。
「我乃曹朋，海西兵曹掾史。爾等立刻丟下武器，否則格殺勿論。」
爪牙們一陣騷動。不等他們反應過來，夏侯蘭銀槍高舉，兩邊軍卒同時邁步，「殺，殺，殺！」他們一邊逼近那些爪牙，口中同時爆出一連串的『殺』聲。

許儀帶來的扈從，還有典韋帶來的扈從，雖只有三十人，卻盡是身經百戰的銳士悍卒。他們這一前進，整條長街的上空頓時蔓延著一股濃濃的殺氣。陳升橫屍血泊之中，七、八名爪牙則哀嚎不止，慘叫不停。一邊士氣低落，一邊卻是殺意逼人……有那膽小的人嚇得尿了褲子，他們平時在集市上欺負個人，倒是不在話下，可面對真正的勇士，卻不免膽戰心驚！

鐺！有人手裡的兵器脫手掉在了地上，剎那間引發出一連串的反應。

「投降，我等投降！」

「媽啊……我想回家……」

「軍爺，我等都是善良百姓，是陳升逼我們來的！」

曹朋那張清秀的臉上，浮現出了一抹笑意。他慢慢將長刀垂了下來，舉目朝縣衙方向看去。只見縣衙塔樓上，燈火閃動，鄧稷手扶塔樓欄杆，向他眺望。雖然距離遙遠，可曹朋還是能感受到鄧稷目光中的關切。他突然把長刀換手，朝著塔樓方向，舉手敬禮！

鄧稷雖然看得不是很真切，但是也知道，那是曹朋在向他報平安。清臒的臉頰，也浮現出一抹笑容，他扭頭對麥仁和王成道：「這一齣好戲，還算得精彩嗎？」

章八 敬酒不吃吃罰酒

精彩，還沒有結束！

兩百多個爪牙被打進大牢裡，空蕩蕩的牢獄頓時變得人滿為患。十幾顆血淋淋的人頭，疊在縣衙的大門前，而最上面的，就是陳升的人頭！鮮血，匯聚成一條小溪，染紅了街道。十幾顆人頭疊在一起的景觀，似是在警告那些圖謀不軌的人：鄧稷，可不是軟柿子……

曹朋殺了陳升之後，並沒有返回縣衙。他讓王買和鄧範負責收拾殘局，而後和夏侯蘭帶著十名悍卒直奔陳府。

此時的陳府，尚不知道陳升已經成了曹朋刀下之鬼。黃一正指揮門丁清掃街道，在門頭懸掛彩燈，他們已經準備好了，等殺了鄧稷之後，要大張旗鼓的造勢。陳升既然敢殺官，就不怕朝廷來找他的麻煩，他有足夠的人脈，可以讓此事消解於無形間。然而……

曹朋和夏侯蘭一馬當先，來到陳府大門口。兩個門丁上前想要阻攔曹朋，但沒等他們開口，夏侯蘭躍馬擰槍，分心便刺。兩個門丁都沒有弄清楚究竟是發生了什麼事情，夏侯蘭就已經把這兩人刺了個透心涼。陰陽把一合，夏侯蘭甩掉了銀槍上的屍體，槍頭遙指陳府門前的那些下人，英俊的面龐透出濃濃殺氣。

「所有人都聽著，陳升密謀造反，已橫屍長街。爾等立刻蹲下，雙手抱頭……若有敢反抗者，就地格殺。曹兵曹掾史前來查抄陳府上下。」

黃一也被這突如其來的變故給嚇住了！但他畢竟是經歷過風浪，立刻反應過來：「休聽狗官一派胡言！有道是養兵千日，用兵一時，主人平日裡對咱們不薄，我等自當為主人排憂解難。憑他們這些人，又怎可能是主人對手？是好漢的跟我上，幹掉這些狗官，待主人返回，定有重賞……兄弟們，還不都動手！」

不得不說，黃一的話很有蠱惑性。也不得不承認，陳升苦心經營十載也的確收買了些心腹。

這邊黃一話音剛落，十幾個門丁家人抄起兵器，就衝了上來。曹朋臉一沉，突然一聲冷哼，兩腳一磕馬腹，照夜白長嘶一聲，仰蹄而起。

一個門丁衝到跟前，不等他揮舞兵器，照夜白鐵蹄帶千鈞之力，蓬的一聲就踹在他的腿上。

這匹照夜白，曾跟隨夏侯淵千里征戰，什麼慘烈的場面沒有見過？想當初，曹操和呂布在濮陽大戰，照夜白更馱著夏侯淵衝鋒陷陣。凶悍的人見得多了，區區一個門丁，照夜白還沒放在眼裡。牠那蹄子踹得極為迅猛，只聽喀嚓一聲，將那門丁的腿硬生生踹成了兩段。照夜白，可是配有馬掌，那鐵蹄的威力，比之平時更加凶狠……

門丁一隻腿站立，另一隻腿卻成了半截，鮮血從斷腿處滴落在地，露出森森白骨，痛得他一聲慘叫，手裡的兵器隨之脫手掉落。曹朋面無表情，在馬上揮刀一式力劈華山！

和在陳留的時候相比，曹朋這一刀，更顯圓潤。與雷緒那一場苦戰，對於曹朋而言，可以說受益良多。他前世練武，今生殺人……但要說真正的高手，還沒有見到過。典韋也好，魏延也罷，武力高絕，卻沒有和他生死相搏過。

鹿台崗的一戰，也是曹朋生平第一次和一個比自己高明許多的人交手，所得的收穫絕非用言語可以表述。躺了半個月的時間，曹朋一直沒有落下自己的功夫，十二段錦練得更加勤奮，半步崩拳也較之當初更見威力。而最重要的是，經過那一戰，曹朋之前的瓶頸狀態一下子突破了……身體恢復之後，力量非但沒有減弱，反而變得更加強橫，且對於力量的運用也隨之提高了數倍。

這一刀下去，猶如霹靂閃電，聲勢駭人。刀光一閃，血光崩現……

那門丁被曹朋一刀，從頭到胯劈成了兩半，鮮血流淌，內臟散落一地，看上去格外恐怖。

「哪個過來受死？」曹朋氣沉丹田，在馬上發出一聲巨吼。

八字真言的功力，配合丹田之氣，令他這一聲巨吼顯得極有氣勢。

與夏侯蘭槍槍奪命不同。雖然夏侯蘭在這瞬間就挑殺了三人，可是造成的威勢，卻不如曹朋這一刀來得駭人，讓剛衝出幾步的門丁，一個個被嚇得臉發白，腿發軟。

「蹲下！」

身後十名悍卒隨著曹朋，同時發出咆哮：「蹲下！」

噹啷！有人丟掉兵器，雙手抱頭，撲通跪在了地上。有一個人下跪，就有一群人相隨……

本來夏侯蘭說陳升被殺，已使得陳府的門丁家人人心惶惶。而曹朋這一刀，更說明了一切。

沒有人再懷疑這個消息。陳升那麼厲害，帶了那麼多人，都死了……我們還打個什麼勁兒？

黃一見勢不好，扭頭就走。他其實也不是不知道陳升凶多吉少，否則官府的人怎麼會這麼快便出現在陳府門外。只不過，他心裡有自己的小算盤，本打算趁著外面混亂，跑回去裹了錢帛逃走，哪知道曹朋那一刀下去，便解決了所有的麻煩。他哪敢再逗留，撒腿就走。

曹朋一直在留意黃一，這傢伙開始的時候，可是叫喊的最凶！

只見曹朋催馬上前，照夜白完全無視陳府門前的臺階，噌的一下便跳了上去。此時，黃一剛從臺階下跑到院子裡，曹朋二話不說，手中長刀一順，呼的一聲便脫手飛擲出去。

明晃晃的長刀，穿透了黃一的後心。黃一啊一聲慘叫，便被那柄七尺長刀活生生釘在地上。

「再說一次，全部蹲下！」

呼啦啦，幾十個門丁家奴抱頭跪在了地上。這小公子實在是太可怕了……看上去挺清秀的小公子，怎麼殺起人來，竟如此的凶殘？殺人不眨眼！對，就是殺人不眨眼！

曹朋在馬上，扭頭對夏侯蘭道：「夏侯，解決戰鬥，不在於殺多少人，而在於怎麼殺！有時候，殺一個人，比殺十個、一百個更有用處……」

夏侯蘭在馬上持槍拱手，「多謝公子教誨！」

「我們走！」

曹朋一抖韁繩，照夜白慢騰騰，走進了陳府。這時候，牠看上去可沒有早先的那份迅猛，但那緩慢的行走中，卻透出一股雅致之氣……

陳升一共有七個老婆、五個兒子，不過大部分人並不住在城裡，而是在城外的別莊。

兩個貼身的小妾，顫巍巍跪在地上，花容失色，嬌軀顫抖，顯然是被曹朋等人嚇壞了。

曹朋在一個家奴的帶領下，直接來到陳升的書齋，那是位於陳府內，一個獨立的小跨院。曹朋在書齋門口下馬，邁步走進了書齋。

只見那書齋裡放著三排書架，上面疊著各類書卷竹簡，還有許多方方正正的匣子。走過去，打開來，那匣子裡放著的都是些金銀玉器，其中不乏那珍貴的事物，但曹朋明顯不感興趣。走到書案旁，曹朋目光掃過書案上的東西，好像也沒有什麼值得注意的物品，倒是那一疊左伯紙，想必會讓鄧稷非常滿意吧！左伯紙上，壓著一只銅鎮如意，形似鯉魚，頗為精巧。銅體散發幽幽綠色，上面的魚鱗清晰可見。曹朋伸出手，把銅鎮拿在手中。這年代，還沒有鎮紙這樣一個說法，不過有不少人喜歡用這種物品，也算是一種風雅……

曹朋把鯉魚如意拿在手中，不由得一愣。看這鯉魚如意的體積，還有工藝，這枚銅鎮的分量應該不輕，可是拿在手裡，卻不是那麼回事。難道，這裡面是空的？把銅鎮在手裡擺弄了幾下，卻沒有找到什麼機關，手指輕輕敲擊了幾下書案，他想了想，便拿著銅鎮走出了書齋。

「把裡面的書卷還有紙張，都給我收拾好……天亮以後，我希望在縣衙裡看到它們！」曹朋對那帶路的家奴說道。

家奴連忙說：「小人明白。」

「記得，看好了，別少了東西。」

家奴是個機靈的傢伙，也知道自家老爺大勢已去。這個時候，再不伺候好眼前這位小爺……嘖嘖嘖，這位小爺，可是不會心慈手軟的狠角色。「小人就盯在這裡，絕不會少了半分。」

曹朋聽聞，這才露出了笑容。他翻身上馬，向外行去，家奴就直挺挺的站在書齋門口，儼然是一個忠心耿耿的衛士。

「所有人用繩索套住，一個連一個。女人們都趕到房間裡，不得擅自出入。」曹朋對夏侯蘭吩咐道：「這裡交給你處理，記得把陳升的帳冊和奴僕名單找出來，回頭我讓胡班過來領取。」

「末將明白！」夏侯蘭插手應命，帶著人就行動起來。

曹朋坐在馬上，聳了聳鼻子，輕輕的吁了一口氣……

把時間向前推兩天。

海西縣衙的書齋中，鄧稷和濮陽闓愁眉不展。他們雖說定下了從陳升下手的計畫，可是卻沒有想到，陳升居然用一種驚人的力量來對付他們——整個海西縣，鄧稷被孤立了！

對外，他似乎渾不在意。但於內，鄧稷卻是憂心忡忡……陳升的第二次哄抬糧價，更使得鄧稷陷入尷尬的境地。

「姐夫，動手吧。」曹朋對鄧稷道：「陳升如今命人在外縣收購糧米，長此以往下去，咱們會變得越來越困難。」

「可是……你有把握除掉陳升？」

曹朋搖搖頭，「勝負五五之數，誰能說一定成功？可姐夫你要明白，荀侍中和郭祭酒力排眾議推薦了你，還有滿太守、荀尚書都表示支持你來海西，咱們如果失敗、待不下去，還有臉回許都去見他們嗎？從咱們走出許都後，要麼在這裡站穩腳跟，要麼就身首異處。姐夫，你我沒有第二種選擇……楚霸王尚能破釜沉舟，你又何必瞻前顧後，猶豫不決呢？」

濮陽闓對曹朋這番話，也表示非常贊成。

鄧稷搔搔頭，「陳升手下，可是有不少爪牙。」

「能有多少？三百，五百……了不起了！海西這地方，他想蓄養千人，可能性也不太大。再者說了，他收購糧米，派出了大批人手，我估計他如今在海西也就是兩、三百人而已……」

「兩、三百人，還而已？」鄧稷氣樂了，「阿福，那你告訴我，咱們有多少人？」

「一百六十人。」

「啊？」鄧稷對曹朋報出的這個數字，有些茫然不解。「咱們什麼時候有了這麼多人？」

「姐夫，你莫非忘了當初海西縣的巡兵嗎？」

「可他們不是已經散了……」

「沒錯，巡兵是散了，可他們的兵曹掾史，還在咱們手中。馮縣令當初在海西雖然沒成功，但基本上也算是個好官，多多少少有些人望。馮超能聚眾為盜，也說明他在巡兵中有些威望。這兩日，我讓馮超秘密聯絡了當初的一些巡兵，除了牢裡那三十多人之外，他又召集了八十餘人……再算上咱們帶來的人馬，正好一百六十人。除此之外，我二哥、三哥皆有萬夫不擋之勇；周叔也是久經沙場，武藝高強；馮超的射術很高明。我還收留了一個好漢……那傢伙雖說貪財，而且很粗鄙，但身手不輸於周叔。」

「你說的是那個整天睡覺的傢伙？」

「正是他……他叫潘璋，字文珪，可是一把好手。」

鄧稷撇了撇嘴，有些調侃道：「阿福你倒是厲害。去一趟北集市，就帶回來一個好手……」

「這個，純粹人品，你懂的！」

對於曹朋口中時不時冒出來一、兩句比較領先時代的言語，鄧稷已習以為常。

濮陽闓突然說：「那陳家怎麼辦？」

「什麼陳家？」

「廣陵陳氏……陳升雖非陳氏嫡支子弟，但終究也是被陳家所承認。如果就這麼動手，陳氏的顏面恐怕不太好看吧……陳氏乃廣陵大族，陳元龍又是叔孫你的上官。按道理說，你赴任之後，理應前去拜訪一下才是。如果不和陳氏打招呼，怕不太妥當。」

鄧稷聽聞，不由得輕拍額頭，「若非先生提醒，我險些忘記了此事……那，怎麼辦？」

「當務之急，必須要先得到陳氏的首肯。不過叔孫恐怕一時也走不開，而其他人，怕非友學而不得調派，所以友學也必須留下來。這樣吧，就由老夫走一趟，去廣陵拜會一下陳漢瑜。」

陳漢瑜就是陳登的老爹，陳珪。

「先生，聽說陳漢瑜可不好打交道。」

濮陽闓笑道：「這無妨……早年前，我曾求教於陳漢瑜，與他有過一面之緣。陳漢瑜是個能分得出輕重的人……他心向漢室，否則袁術稱帝時，拿他兒子相要挾，他也不肯低頭。陳升在海西的所作所為，他未必認同，只是此前朝廷無暇顧及，他也不便出面。」

鄧稷沉吟了一下，於是點頭答應。之後，曹朋密令馮超，帶著那臨時召集來的八十個巡兵，隨同周倉、潘璋、典滿、許儀前去截糧。

鄧稷相信，以陳升那種性子，絕不可能忍下這口氣。幾千萬錢的投入打了水漂，想必放在誰的身上都不太可能承受。所以鄧稷和曹朋都認定了，陳升會破釜沉舟，行那大逆不道之時……

天，亮了！一輛輛裝滿糧食的馬車，從城門外緩緩駛入海西縣。一時間，海西縣沸騰了……

「聽說了沒有？陳升死了！」

「不會吧？陳老爺昨天還好好的，怎可能死了？」

「哈，說你糊塗你還真是糊塗。鄧縣令是什麼人？那是朝廷委派的海西令！這海西說到底，是朝廷的天下，怎輪得到陳升囂張跋扈？你看他前面挺張狂，鄧縣令一句話就能要了他的命。」

「好像是這麼個道理。」

「你要是不相信，去縣衙看看……陳升的人頭，就擺放在那邊。」

「不止哦！」一個海西人走過來，壓低聲音說：「今天一早，鄧縣令發出了一份文書，責令海西賈人立刻把糧價調回去。看到沒有？那些糧車就是鄧縣令的手段！如果那些賈人不聽，鄧縣令會在第一時間把糧食扔出去，把糧價打壓下去……哈哈，咱海西以後不用再吃那高價糧了！」

各種議論，此起彼伏。不過風向好像在一夜之間，發生了巨大的變化，鄧稷從一個危害海西人正常生活的罪魁禍首，變成了一心為百姓考慮的父母官。對他的稱讚聲，從糧車駛入海西縣城的那一刻起，便沒有停止過……

海西縣的賈人們，一個個愁眉苦臉。在心裡，他們快要把陳升罵死了……若不是陳升，他們昨日也不會駁了鄧稷的面子。縣令大老爺邀請，居然沒有一個人前去赴宴。現在可好，只怕是再想去，人家也不會給好臉色。

「怕什麼！」終於有人跳出來安慰大家。「陳老爺好歹也是陳氏子弟，他鄧稷膽大包天，殺了陳老爺，陳太守未必會和他善罷甘休。」

「沒錯，沒錯……」垂頭喪氣的賈人們，頓時來了精神。「那咱們怎麼辦？」

「等著唄……哼，他鄧稷囂張不得多久！看著吧，用不了幾天，陳太守就會派人過來。到時候，他鄧稷不會有好下場！這海西縣，還是咱們的海西縣，且容他再張狂幾日……」

賈人們站在店鋪門口，竊竊私語。只是當他們看到那馬車旗杆上掛著的一顆顆人頭時，臉色也不由得變得慘白，腿肚子直打顫！那可都是陳老爺的家眷啊……

章九　魚吻銅鎮

一夜未睡，曹朋有些乏了。不過他並沒有睡覺，而是坐在門廊上，反覆把玩著那枚從陳升書齋裡順來的鯉魚青銅如意。

這個銅鎮，一定有問題！出於一種本能，曹朋深信自己並沒有看走眼。

這應該不是一枚普通的銅鎮，裡面似乎隱藏著不為人知的秘密。他把銅鎮托在手心，迎著晨光，瞇起了眼睛。初冬的朝陽似有些清冷之意，照在那青幽幽的銅鎮上，跳動出一道道奇異的冷芒。陽光順著魚鱗的紋路遊走，光暈閃閃，幻出五顏六色，猶如那海市蜃樓般迷幻。

可是，這銅鎮究竟有什麼秘密？曹朋深吸了一口氣，把手放下來，直勾勾的盯著銅鎮。看了這好半天，也沒有看出這銅鎮的機關究竟是在何處……抑或者說，是自己有些多疑了？

「阿福！」

正沉思中，一聲粗獷的喊聲，把曹朋喚醒。他抬頭看去，典滿和許儀正雄赳赳氣昂昂的從跨院拱門外進來，兩人身後就是潘璋和馮超。

本來，潘璋並不想留下來。原因嘛，非常簡單……

鄧稷在海西初來乍到，前途未卜。而且，一個小小的海西令，又能有什麼發展前途？

說潘璋志向遠大，沒有錯；但說他市儈、現實，也沒有問題。總之呢，這是個很實際的人。他有野心，希望做出一番事業；同時又很實際，品行算不得太高。

歷史上，他就是因為貪財，在東吳數次被人彈劾，如果不是孫權對他的寵愛和信賴，估計早就掉了腦袋。而潘璋死後，他的兒子便立刻倒楣，受到牽連。

連曹朋都不清楚潘璋是怎麼死的！

《三國演義》裡，關二哥縣令把潘璋嚇死的情節，純屬扯淡……

不過，曹朋自有辦法。把典滿和許儀拉到潘璋跟前，非常鄭重道：「你知道他們是誰嗎？」

「不知道！」

「那我告訴你，這是我二哥許儀，他老爹就是曹司空帳下武猛校尉許褚許仲康；這是我三哥典滿，他的父親是當朝虎賁中郎將典韋典君明。你留下來幫我，我不敢說一定能讓你飛黃騰達，但卻可以給你很多機會。你別看我姐夫只是一個海西令，他還是司空軍師祭酒郭嘉的同門。我還有一位兄長，就是抓住了機會，如今官拜寢丘都尉，汝南郡司馬之職……」

「潘璋，你想要出人頭地、升官發財……即便不能做一人之下、萬人之上，但也是堂堂正正的朝廷命官嗎？留下來吧！只要你有本事，留下來就可以得到很多機會。曹司空是當今英雄，求賢若渴，歷練一段時間，再立下幾次功勞，我就能名正言順的推薦你，我的門路寬廣得很呢。」

在曹朋這一番勸誘之下，潘璋心動了！

他也不是不想投奔曹操。潘璋不是那些兗州士人，雖生在東郡，但是對曹操並沒有太多惡感。說穿了，他就是個普通出身，有一身好本事，卻苦無引薦之人。如果……

潘璋在思忖之後，終於答應留下來。不過，他還有一個條件，如果鄧稷在海西站不住，他就會離開，希望曹朋到時候不要阻攔。

如果鄧稷無法在海西立足，不用潘璋說，曹朋也不會攔他。

心裡面，曹朋對潘璋的人品真不太看好。不過在目前這種情況下，能有這麼一個江表虎臣相助，似乎是最好的選擇。至少，這樣的人是真小人，以名利動之即可，比那些士人好糊弄得多。

曹朋把銅鎮放下來，站起身。「二哥、三哥……辛苦了！」

「哈，有個甚辛苦。」典滿渾不在意的擺手，笑呵呵道：「昨夜，殺得倒是痛快。」

「陳升的別莊，可曾拿下？」

許儀點頭，一屁股坐在門廊上，端起一碗溫水，咕嘟咕嘟喝了個精光。「拿下了……那幫混帳東西還妄圖抵抗，結果老潘上去嘁哩喀喳的砍死了十幾個人之後，便全都老實了。陳升的老婆孩子，也被老潘給殺了，只是陳升的長子陳夔，如今下落不明。」

「哦？」

「據莊子上的人說，陳夔昨晚沒有回來。那小子平日裡遊手好閒，不曉得去了何處。經常是兩三日不著家，回來了也是蒙頭就睡……」

曹朋不禁眉頭一蹙，居然還有這漏網之魚嗎？不過轉念一想，一個紈褲子弟，又能有什麼威脅！他笑了笑，道：「哥哥們都辛苦了……老潘、馮超，你們也都辛苦了！」

潘璋此時也沒有之前的那份傲氣，連忙拱手客套：「公子運籌帷幄，才是真的辛苦！」

他可是從頭到尾參與昨晚的行動，對曹朋和鄧稷不免生出幾分畏懼。曹朋的策略，鄧稷的計畫，所有的一切乍看荒謬，但卻環環相連，絲絲入扣。至少陳升的一舉一動都被這兩人計算其中，雷霆手段更使他感到震驚。而鄧稷和曹朋手下的人，一個個也非等閒之輩。典滿、許儀算不得二人手下，卻和曹朋稱兄道弟；而周倉、夏侯蘭武藝雖比不得潘璋，但說起來差距也不大。一對一，潘璋有把握幹掉這二人中的任何一個，但一對二……周倉兩人可以在二十招內，將潘璋幹掉。馮超，箭術驚人，可百步穿楊；王買和鄧範雖然還算不得高手，但也不是普通人可以匹敵。而曹朋給潘璋的感覺，更無法看透。

這麼多人願意待在這二人的身邊，也許留下來，會是一個不錯的選擇！

曹朋一擺手，和潘璋客套兩句，而後招呼眾人坐下。一夜殺戮之後，總會有一絲精神上的疲倦。幾個人說著話，忽聽馮超輕呼一聲：「公子，這魚吻銅鎮，你從何處得來？」

曹朋一愣，順著馮超手指的方向看去，原來是那枚青銅如意。

「哦，這是我從陳升的書齋裡拿來……怎麼，你認識它？」

馮超神情有些激動，連連點頭：「這叫做魚吻銅鎮。不過它有個別名，叫做錢有餘如意。你看這銅魚背上的魚鱗，像不像一枚枚銅錢疊在一起？」

曹朋聽聞，拿起來仔細觀察了一會兒，「還別說！若非你提出來，我還真沒有留意這一點。你這一說……嘿嘿，還真像是銅錢。妙，妙，實在是妙！做此銅鎮的人，還真是不簡單。」

「讓我也看看！」典滿連忙說道，從曹朋手裡搶過銅鎮。「嗯，的確是很像。」

「魚負錢，錢有餘……哈，還真是一個好口彩。」許儀也拿過來看了兩眼，旋即遞給潘璋。

「老馮，這東西，有說頭？」

馮超點頭正色道：「這魚吻銅鎮，據說是武帝時海西侯李廣利請能工巧匠專門打造而成。」

「李廣利？」對於典滿、許儀，乃至於潘璋而言，還真不清楚李廣利的生平。

馮超苦笑道：「李廣利，便是武帝時寵妃李夫人的兄長……可聽過『北方有佳人，絕世而獨立。一顧傾人城，再顧傾人國。傾城與傾國，佳人難再得』的詩詞嗎？就是這位李夫人。」

「哦，原來是美人兄長。」潘璋恍然大悟，只是那臉上的表情，有些猥瑣。

至於典滿和許儀，則一臉的可惜……

馮超被這三個人氣得說不出話。

「好了，接著說。」

「其實，海西一直有一個傳說：李廣利當年貴為海西侯，甚得武帝寵信，可說是富可敵國。據說，他當年集天下財富，在海西侯府修建了一座地下迷宮，將他的財富都藏於迷宮內……李廣利後來投降匈奴，舉家被抄沒，但那座地下寶庫卻沒有人找到，至今仍是個謎。」

「那和這魚吻銅鎮，有什麼關係？」

「倒也沒什麼關係，只聽說魚吻銅鎮是李廣利府中的物品，後來為海西縣令所得，便一直流傳到現在。我爹生前非常喜歡這個魚吻銅鎮，不想故世之後，它卻不見了蹤影。」馮超突然咬牙切齒：「恨不能親手殺了陳升老賊！這魚吻銅鎮既然在他手中，當年我爹必是死於他之手。」

曹朋卻陷入了沉默。許久，他突然抬起頭，輕聲道：「馮超，我想你可能誤會了陳升，他應該不是你的殺父仇人。」

「啊？」馮超愕然的看著曹朋，有些不太明白。

從潘璋手裡拿過了銅鎮，曹朋托在掌心，久久不語。半晌後，他道：「我發現這枚銅鎮的時候，陳升就把它擺放在書齋裡，用來壓紙。如果他真是你的殺父仇人，絕不可能這麼堂而皇之的做……我問過陳府，陳升生前經常在書齋接見那些豪商。雖說他是海西一霸，也不會這般張狂。他這樣做，豈不是說，他就是殺死令尊的凶手？」

「可是……」

「你聽我說，我覺得陳升不是凶手的第二個原因，是因為他自己出手。根據呈報朝廷的案牘記載，令尊被殺時，是一夥強人闖進海西……如果真是陳升所為，他這次大可以用同樣的手段，而不是匆忙的召集人手。我之前也以為令尊的死，和陳升有關。可後來發現，陳升雖說霸道，還沒那麼張狂……他昨夜動手，也就說明，他並沒有與盜匪勾結。」

馮超不由得激靈靈打了個寒顫。「公子的意思是……」

「那個凶手還在海西縣。」曹朋抬起頭，目光灼灼。「雖然我還沒有弄清楚這其中的緣由，但我相信，陳升不是殺害馮縣令的人。我有一種感覺，馮縣令的死應該和陳升沒有關係，很可能他觸怒了某些人，或者……」曹朋收聲，輕輕咬著指甲。「或者，問題就出在這魚吻銅鎮上？」

「恕卑下愚魯，公子之意……」

曹朋擺了擺手，「你先別問，讓我好好想想。」

魚吻銅鎮——陳升——馮爰……不對，這裡面應該還缺了一個重要的環節！

「馮超，令尊故世後，可有人打聽過魚吻銅鎮的事情？」

「這個嘛，倒是沒有太留意。家父故世之後，我就一心想要報仇。可後來的兩個縣令對此似乎並無興趣，我一怒之下就離開了海西，召集一部人，當起了強人，所以並未太過留心。」

「如果，如果有人對這魚吻銅鎮感興趣，而又找不到你……會怎麼辦？」

「這……卑下不太明白。」

「留在縣衙！」曹朋呼的站起來，在跨院中徘徊。

典滿和許儀聽得是頭昏腦脹，有點反應不過來了。

反倒是潘璋似有所覺，「公子的意思是說，如果有人對魚吻銅鎮感興趣，而且又不知道該去何處尋找，最好的辦法，就是派一個人留守在縣衙裡慢慢查找？那也就是說，後來兩位縣令的離奇死亡……也和這魚吻銅鎮有關？這個人必須要使縣衙空置，才可以隨意查尋。」

「你這一說，我倒是想起來了。」馮超撫掌道：「我爹之後的兩任縣令，上任後並沒有太大的動作，但都是死得非常古怪……」

「麥成！」曹朋突然輕呼道。

「麥成？」典滿想起來了，那不就是他們抵達海西縣的當天晚上，周倉出手教訓的那個牢頭禁子嗎？

他是麥家的人……曹朋心裡咯登一下，頓感毛髮森然。原以為除掉了陳升，可以使局勢稍微明朗一些，但現在看來，這海西的局勢仍舊是撲朔迷離！曹朋突然感到了焦躁，在院子裡徘徊。

馮超的臉色也變得格外難看。一直以來，他以為殺死自己父親的人就是陳升，可沒想到……

「這件事情，不許對外張揚。」曹朋停下了腳步，看著典滿四人，一臉凝重之色。「另外，我們必須要盡快徵召人手。我不知道凶手是誰，但如果他的目的是魚吻銅鎮，那麼他一旦知道，必然會對我們動手。之所以還沒有動手，是因為他還不知道我們得了魚吻銅鎮。或者說，他認為這魚吻銅鎮已經流失，所以並沒有在意我們……麥熊，麥仁，麥成！」

曹朋問道：「馮超，如果我現在徵兵，有希望嗎？」

馮超想了想，搖搖頭道：「公子剷除了陳升，的確是一樁好事。但於海西人而言，海賊盜匪與他們關係不大，只要不去招惹，那些海賊也不會前來生事……因為在某種程度上，海西縣給海賊提供了倒賣贓物的途徑，而海西人也從海賊的身上獲取了不少的利益……陳升被殺，鄧縣令也許能立足海西，獲得海西人的好感，可如果鄧縣令現在就徵兵的話，一旦海賊得知我們的動作，就會立刻行動。卑下不認為，一群剛徵召來的海西人，會敵得過那些海賊悍匪。所以公子欲徵兵，需謹慎行事。」

「操！」曹朋忍不住，爆出了一句粗口。「好了，先到此為止！」

「那凶手……」

「這件事咱們慢慢調查，當務之急是要使海西保持穩定……馮超，你設法把巡兵召回來，不要徵召太多，一百足矣。想必這一百巡兵還不會刺激到那些海賊的凶性，就由你和文珪帶領。」

馮超和潘璋相視一眼，躬身道：「卑下遵命！」

海西的糧價，終於回落。雖然大部分賈人持觀望的態度，但是五千石糧米投入海西集市，還是造成了巨大的影響。而陳升的家產，還在清理之中，所有的店鋪商行，被盡數封閉。

在陳升死後的第三天，縣衙再一次發布了一份公告——陳珪在廣陵，開革了陳升的陳氏子弟身分，並鄭重表明，支持鄧稷在海西縣的作為，陳氏子弟不得觸犯律條。

這一份公告發出，頓時在海西縣引起了軒然大波。

「我就說應該去拜訪鄧縣令嘛。」一幫賈人聚在一起，激烈的爭吵起來。

「我早就知道，鄧縣令非等閒人。你們看、你們看，現在連陳老太爺都出面發話……這、這、這該如何是好？」

「你他娘的混蛋！」一個賈人站起來，罵道：「當初就是你說不要理睬鄧縣令，結果我們都受了你的蠱惑……現在，你又來埋怨我們？怎麼樣道理都在你那邊，怎麼說都是你正確。」

「我……」

「好了、好了，大家都別吵了！」一個老賈人開口，「事情已經到了這一步，說什麼都沒有用處，當務之急是要設法修復和鄧縣令的關係。首先，我們必須把市價回落，讓鄧縣令感受到我等的善意。如果再不遵從鄧縣令的命令，只怕下一個陳升，就是你我中間的人……還有，我們必須要設法和鄧縣令取得聯繫。此前鄧縣令在縣衙設宴邀請我們，結果我們一個都沒去，現在恐怕我們再去請鄧縣令，已不是一樁容易的事情……必須要找一個合適的人，代我們去向鄧縣令說項。」

「王成！」一個賈人脫口而出。

「對，就是王先生！」

「王先生還是有眼光啊，比咱們這些人都有遠見……鄧縣令設宴那天，只有王先生和麥老爺去了。估計麥老爺是不太可能為咱們說項，不如咱們去找王先生？他是個好人，絕不會坐視我等受那陳升狗賊的牽連。」

「對，我們可是本分人，都是陳升狗賊惹出的麻煩。」

人常說，這商賈無情。前些日子，鄧稷在他們口中只是個『狗官』，而今，陳升又成了他們口中的『狗賊』。世事變幻，真是奇妙！

老賈人嘆了口氣，「既然如此，那就由我去拜訪王先生，請他為咱們美言兩句吧……」

章十 夏蟲不可語冰

王成果然是一個熱心腸！

「此事，關係海西的穩定。既然馬老親自前來，我自當盡力為諸公說項……只是，諸公此前所為，的確是有些過了。如果說鄧縣令設宴邀請，你們礙於陳升的淫威而不敢去，倒也是情有可原，可為什麼陳升死了，你們卻遲遲沒有行動？若我是鄧海西，也一定會很生氣。」

「我等糊塗，糊塗啊！」賈人們一臉的尷尬，連連作揖。

好在王成並沒有就此事再說下去，送走賈人之後，他便備車前往縣衙。

可沒想到的是，鄧稷竟然不在海西縣。

原來；陳珪開革了陳升的陳氏子弟身分後，還邀請鄧稷前往廣陵一敘。作為鄧稷的上官，而且還是廣陵郡首屈一指的世族，陳家可說是給足了鄧稷面子。而鄧稷作為陳登的下屬，按照禮節，本應該在上任前就去拜訪陳登……所以，陳家既然開口，廣陵之行也就刻不容緩。

「胡班，那濮陽先生在嗎？」

「回王先生的話，濮陽先生與我家主人，一同去了廣陵。」

王成問道：「濮陽先生也去了，那如今誰留在縣衙？」

「哦，是我家公子！」

「曹公子嗎？」

「正是。公子本來也應該前去拜會陳老太爺，只因為身子不舒服，所以就留在了海西縣。」

「這樣子啊！」王成若有所思，點了點頭。

「王先生，可要見我家公子嗎？」

「哦，既然公子有恙，那我就不叨擾了！對了，鄧縣令可提過，準備何時徵召兵馬，圍剿海賊？」

「這個嘛……」胡班搖搖頭，「主人好像沒有提過這件事！剷除陳升之後，主人也只是命人召回一百巡兵，交由馮超和潘璋執掌而已。其他的……哦，我想起來了，主人還說，必須要加強對集市的治理，準備出臺一個……那名字太拗口，我有些想不太起來……哦，治安管理條例。」

「啊？」王成一臉愕然。「那是什麼東西？」

「全名叫做海西縣北集市商業區治安管理條例，具體是什麼內容，就不是小人能夠打聽的事情了。」

「海西縣北集市商業區治安管理……條例？」這一長溜的名字，的確是有些拗口。

王成搔了搔頭，偷偷塞給胡班一貫錢，而後告辭離去。這個勞什子商業區什麼條例，究竟是什麼？

王成一頭霧水的走了，胡班看著他的背影，掂量了一下手中的銅錢，輕聲笑了起來。

「胡班，你笑個什麼？」

「哦，剛才又有人過來詢問，我依著公子的吩咐回答，又得了一貫賞錢。」

「娘的，公子這一手，可真高明。」

「那是……我這一晌午就得了快兩貫錢。不過說起來，還是王成大方，一出手就是一貫。」

和門丁說笑兩句，胡班就走進了縣衙。他繞過衙堂，穿過夾道，走進一個拱門，便來到了曹朋所居住的跨院。

跨院裡倒是很安靜，一間書齋，兩排廂房，還有一個小小的花園。胡班走到書齋門口，敲了敲門，把房門拉開。「公子，王成來了！」

「他來幹什麼？」曹朋坐在一堆案牘中，正在翻個不停。胡班進來，他頭也沒有抬起來，直接發問道。

「他是來見主人……不過主人不在，他就沒有再說求見的事情。」

「那他有沒有說其他的事？」

「哦，他只是問了一下，主人何時平剿海賊。」

曹朋身子一顫，從案牘中抬起頭。「他一個教書先生，怎麼對打海賊的事情這麼熱心？我記得他第一次拜訪我姐夫之後，便慌慌張張的對外宣揚，險些讓我姐夫陷入尷尬的境地。」

「這個……小人就不太清楚了。」

曹朋臉上帶著一絲疲倦之色，直起身子，輕輕搓揉太陽穴。

這兩天，的確是把他累壞了！為了查找關於魚吻銅鎮的事情，他幾乎翻遍了檔房裡的案牘。不得不說，古人記載的檔案，往往是寥寥數語便說明了很多問題，曹朋好歹也重生了快一年，對於東漢末年的修辭造句多少有些瞭解，可瞭解歸瞭解，當他把這些案牘拿出來查閱的時候，著實是太辛苦。一句話，往往要反覆推敲，才能弄清楚一些意思。

曹朋正捧著一部類似於海西地方誌的竹簡，上面記載的，大都是一些神神怪怪的事情……就類似於，地方傳說？嗯，好像《搜神記》那種類型的志怪體。

放下竹簡，曹朋從案牘中起身，順手抓起兩枚嬰兒拳頭大小的玉球。

這對玉球是從陳升家裡抄沒而來，據說是陳升最為喜歡的東西。曹朋是覺得，這玩意兒看上去挺像後世的健身球，所以便留了下來。兩個白玉球在他手中滾動，不時發出清脆聲響。

「這位王先生，對打海賊的事情，倒是熱心的有些過分。」

他走出書齋，抬起頭，看了一眼陰沉沉的天空。冬天的海西就是這樣，濕漉漉，潮乎乎，讓曹朋多少感覺不太舒服。他在門廊上緩步而行，胡班則在他身後，不急不慢的跟隨著……

「胡班，陳升的家產清點如何？」

「夏侯大哥還在清點。他早上走時還說，陳升的家產實在太龐大，一時間很難清點出來。」

「嗯，讓夏侯做這種事情，的確是有些難為他了。」

陳升生前的生意，涵蓋了金市、糧米、木作、布莊等行業，此外還有典當、田莊等各種生意，五花八門，非常繁雜。而且，還需要清點人口、登記造冊，是一項很辛苦的工作。

海西現登記在冊的，有大約三萬餘人，可這是兩年前的人口數量。現在的海西，究竟有多少人口，誰也說不清楚。地方土豪家中多有蓄養的奴僕，這些奴僕屬於土豪們的私有財產，並不在戶籍上顯示。陳升占有海西大片良田，那麼他名下的奴僕究竟有多少人，還需要仔細的盤查和清點……夏侯蘭打仗可以，做這種事，卻不上手。

沒錯，陳升死了，鄧稷也似乎在海西站住了腳，可實際上呢，鄧稷到目前為止，還沒有建立起一套完善的成員班子。

一般而言，一座縣城，除了縣令之外，還需要設立縣丞一人，管理文書、倉獄；縣尉一至兩人，管理治安；縣丞和縣尉以下，還有主簿、功曹、掾、史等職務。另外還必須有三老、里長等最基層的吏員。縣令或者縣長，是由朝廷任命，但州郡同樣可以過問縣裡的人事。

不過海西的情況特殊，陳登並沒有插手其中。

而今，鄧稷已經打開了局面，那麼一套幕僚班子的建立，就迫在眉睫。

縣丞的職務，已被濮陽闓擔當；縣尉嘛，周倉和夏侯蘭都能夠出任。曹朋現在的職務，是海西縣兵曹，可實際上呢，他手裡一共也只有那一百多兵馬。馮超出任兵曹史，潘璋為兵曹掾，已經是整個海西縣的武裝力量。餘者，諸如戶曹、法曹、倉曹、工曹等職務，尚處於空缺。

想要治理好海西縣，單靠鄧稷一個人，並不現實。

濮陽闓的學問非常出眾，可處理這些瑣事，未免有些不足。所以當務之急，鄧稷需要征辟一個主簿，還有各部功曹，然後才算是建立起一套完善的班子。

可想要建起一套班子，真的很難。沒才能的人，用了也是白用；有才能的人，誰又會願意屈居鄧稷一個普通縣令的手下做事？曹朋拍了拍額頭：得要給姐夫找些幫手了！

他突然停下腳步，扭頭問道：「胡班，我讓你放出去的消息，你可曾放出去了？」

「公子，都放出去了……不過，他們都問我，那什麼條例，究竟是什麼？」

曹朋微微一笑，「該告訴你的時候，我自然會告訴你！」

「喏！」

「好了，你先下去吧。」

胡班躬身退下。

曹朋在迴廊上慢步行走，手中的玉球，越轉越快。魚吻銅鎮……神秘的凶手……還有那傳說中的寶藏。這些天，他一直都在想這些事，腦海中也漸漸的形成了一條脈絡。

根據海西地方誌……哦，就是那本志怪體的竹簡上記載：李廣利在投降匈奴人之前，的確是埋藏了一大筆財富。可是，從漢武帝至今，數百年間竟沒有人找到這筆財富的所在，連那座所謂的迷宮，漸漸的也成了一個神話傳說。到如今，這傳說已不太為人所知道了。

李廣利的寶藏、魚吻銅鎮、近年來海西縣令離奇的死亡、麥成在縣衙的駐留……所有的一切，似乎隱隱把矛頭指向了麥家。而這個麥家，又是海西本地的豪族，不但有悠久的歷史，還有很高的聲望。

別看陳升表面上霸道，若是和麥家相比，那就是一個渣！麥家，才是真正的海西一霸！

曹朋可以毫不留情的對付陳升，但卻不代表他可以對付麥家。

前世，他憑著一腔熱血，不畏權貴，到頭來落得個家破人亡；這一世，他反覆告誡自己，不要去充當英雄！所以在面臨同樣的問題時，曹朋決定暫時隱忍，先不急於破解這個謎團。畢竟，鄧稷還沒有在海西縣扎下根……

還有一件事，王成這兩天好像很活躍。

也許是處於刑警的本能，使得曹朋從一開始便對王成有一種警覺。

根據他得來的消息，王成的確是個好人。他為人豪爽，樂善好施，不求奢華，過近乎苦行僧一樣的生活。這樣一個人，真的很完美。但也正是這種完美，讓人感覺王成不真實。

好像，是刻意做出來的完美！如果真是如此，他為何要做出這個假象？

大善之下，必有大惡。這是曹朋的感覺……王成對平剿海賊的熱誠，更令曹朋感到了懷疑。

呼……還真是一樁複雜的事情！

曹朋深吸一口氣，在迴廊上停下。

冬雨，淅淅瀝瀝的下起來，曹朋卻意外的發現，在院牆的一角，一朵梅花，正在悄然綻放！

在憂心忡忡中，海西縣的賈人們度過了兩天的辰光。

鄧稷，終於回來了！不過他並非是一個人回來，除了濮陽闓和他一同回來之外，鄧稷還帶來了兩個人，以及一顆首級。這首級，正是陳升之子陳夔的首級！

當日陳升出事，陳夔得知以後便逃離海西，到廣陵避難。

但他如果只是求一容身之所也就罷了，偏偏還挑撥離間，試圖挑動廣陵陳氏與鄧稷發難……

陳珪得知後，一不做，二不休，命人斬了陳夔。此次鄧稷前去拜訪，陳珪用陳夔的這顆首級，表明了他的立場。他表字漢瑜，自然尊奉漢室，鄧稷是漢帝官員，他理應協助行事。

除此之外，陳登得知鄧稷手下無可用之人的時候，便主動向鄧稷推薦了兩個人，一個名叫步騭，字子山，比鄧稷大兩歲，廣陵郡淮陰人；另一個名叫衛旌，廣陵縣本地人，表字子旗，與鄧稷同歲。

說起步騭，也是有來頭的人。據說步騭的祖先，是周代晉國大夫楊食，因其采邑在『步』這個地方，所以便以『步』為姓。後步氏族人有步叔，曾為孔丘弟子之一。秦漢之交，步氏族人有為將軍，因功而得淮陰侯，步氏便成了淮陰大族。

步騭便是步氏子弟，但並非嫡支。他父母早故，孑然一身，與衛旌交好。二人白天種瓜，夜間讀書，在當地也小有名氣。步騭本人精於各種學問和技藝，堪稱是博覽群書，寬雅深沉。而衛旌則性情剛直，有鍾離昧的風範，好兵法，喜商君書，素以步騭為兄長而侍……

如果換一個人，未必能看得上鄧稷。

步騭雖是士族出身，但說較起來，倒是和鄧稷頗為相似。鄧稷的祖上，是雲台二十八將之一的鄧禹，到了鄧稷這一輩，和步騭一樣，都屬於遠支。祖上的榮光他們沒有享受到半分，同為庶出子弟，也受過族人的逼迫。

鄧稷是當了小吏，而步騭則跑去種瓜。兩個人頗有些同病相憐之意，再加上濮陽闓的學識淵博，很容易便得到步騭的認可。陳登親自推薦，步騭也不好推辭。這年月種瓜終究不是一樁長久的事情，而他本身又沒有功名，想要獲得一個好前程，也並非容易的事情。所以步騭得陳登舉薦，鄧稷親自登門，便表示願意相隨。

衛旌呢，則是以步騭馬首是瞻。而且海西距離廣陵也不算太遠，他乾脆隨步騭一同前往。

步騭清瘦，大約有一七四左右的高度。衛旌則敦實許多，一七〇的身高，配合他的身材，看上去很壯實。

曹朋乍聽步騭之名，心裡面也是一怔。

步騭，這名字聽上去，怎麼覺得這麼耳熟？衛旌倒是不太清楚，好像《三國演義》裡沒有出場；但步騭……曹朋肯定，他在《三國演義》中露過面。

「此乃我妻弟曹朋，字友學。」鄧稷在府衙內，為步騭兩人引見曹朋。

「就是濮陽先生所說，通讀《詩》、《論》之曹友學？」

「呵呵，就是他！」鄧稷笑道，「不過，通讀《詩》、《論》，倒是有些過譽。他如今忝為我的兵曹，執掌海西兵事……友學，子山兄學問出眾，你若有不懂的地方，可以向他多請教。從今日起，子山兄便是我海西主簿。」

曹朋連忙行禮：「小弟曹朋，見過兩位兄長。」

步驚露出和善的笑容，連忙攙扶曹朋，「步子山不過一落魄之人，得鄧縣令看重，前來投靠，日後還需曹小弟多關照。」言語間，沒有士人特有的高傲，聲音很清雅，喜怒不形於色。

曹朋連忙客套：「小弟不過尸位素餐，哪當得『關照』二字？子山先生能來，我總算可以鬆一口氣。」

「哦？」

「如今海西百廢待興，許多事情雜亂無序。小弟對這案牘之事，素來敬謝不敏，卻被鄧海西強拉來，清點帳冊戶籍。這兩日，小弟正為此而頭疼。子山先生一來，小弟總算可以脫身出去……呵呵，日後就要多辛苦子山先生。」

步騭原以為曹朋會有所刁難。在他看來，曹朋或許真有才華，但不免年少，心氣高，會恃才自傲。好不容易在海西站住了腳，身為鄧稷的妻弟，在海西也算是一人之下、萬人之上，自己過來，等同於是要搶奪曹朋的權力。步騭甚至做好了準備，來迎接曹朋的刁難，哪知道，曹朋居然這麼爽快的把手中的事務交出來，言語間更聽不出半點的埋怨，似乎非常開心。

這個少年，很有意思！步騭心裡面暗自讚道，但臉上依舊帶著和煦笑容。

「小子倒也知事……」衛旌突然開口，臉上露出嘲諷笑容，「不過，你小小年紀，又有何德能，做這海西兵曹呢？」

「子旗，不得無禮。」步騭聽聞，連忙開口想阻止。但很明顯的是，他還是沒能攔住……

他清楚衛旌的想法：衛旌並不想過來，只因為自己要來，不得已相隨。

其實，在陳登推薦他二人前，步騭和衛旌已準備離開廣陵，前往江東謀求出路。雖說廣陵現在太平，可是在平靜中，卻激流暗湧。有志之士，大都能感受到這股激流所含的力量……如果長此以往下去，這廣陵郡勢必會成為戰場，反倒是江東之地，如今還算是安全。

曹朋詫異的看著衛旌，突然笑了。

「阿福，不得無禮！」鄧稷對曹朋再熟悉不過，每當他露出這種看上去人畜無害的笑容時，往往會有凌厲的反擊。

「子旗先生所言極是，小弟的確是無甚德能。不過，小弟聽說，有志不在年高……甘羅十二歲可以為相，霍驃騎十七歲便成為驃姚校尉，隨衛大將軍擊匈奴於漠南，以八百人殲兩千餘人，俘獲匈奴相國與當戶，殺死匈奴單于的祖父和季父，勇冠三軍，而被拜為冠軍侯！小弟今不過十四，仍一無所成，所做之事不過殺中陽山惡霸，誅陳留盜匪，斬海西一霸陳升於馬下耳，又怎敢稱德能呢？」

那言下之意，我年紀雖小，卻做了不少事情。你年紀比我大，有沒有做過利國利民的事情呢？如果沒有的話，還是請你閉上嘴巴……

衛旌好像還真沒有做過什麼大事！一張臉漲得通紅，瞪著曹朋，一頓足，扭頭便走。

「子旗，你要去哪裡？」

「子山兄，我早就說過，以你我之才學，何必委身於一殘臂之人手下？我是看在你的面子上，才前來海西。一介黃口小兒，竟敢口出狂言。依我看，鄧叔孫也不過是任人唯親罷了。我決定回去，你和我一起走吧。」說著，衛旌大步向外走，可走了一半，卻發現步騭沒有跟上。

「子山，你難道要留在這裡？」

步騭神色複雜，看著衛旌，輕輕嘆了口氣，「子旗，我本是卑賤低微之人，叔孫今誠意請我，以上賓而代之，委我以重任，我感激不盡。你說他殘臂，卻是朝廷所任，乃當今正統。我為朝廷做事，為叔孫效力，又有什麼不對嗎？江東雖好，但於我卻不免有一些遠了……」

「你……」衛旌說：「子山，你有大才，怎能屈居一縣？」

「我有沒有才，和我所做的事情並無關係。叔孫即便無才，可是他卻剷除了海西一霸，我有才，只能在廣陵種瓜為生。子旗，我希望你能理解我……而且叔孫也非那種無才之人。」

「隨你，反正我不留在這裡。」衛旌說罷，邁步就走出了門廳。

曹朋在他身後突然道：「衛先生，我有一句話送與你……才無分大小，能利國利民，便是才。趙括才華出眾，長平一戰卻使得趙國精銳盡喪。我姐夫身雖殘，志卻不殘。至少到現在，他所做的一切都是為了海西的百姓著想，為了我大漢疆域的完整，為了朝廷的尊嚴。辱人者，人恆辱之。你今天走出這扇門，我還是希望你能記住：不尊敬別人的人，一輩子都別想獲得別人尊敬。」

「小子胡言！」

曹朋立刻反擊道：「井蛙不可以語於海者，拘於虛也；夏蟲不可以語於冰者，拘於時也；曲士不可以語於道者，束於教也！」

這是《莊子．秋水》中的一句話，如今卻作為曹朋的反擊利器。

衛旌站在門外，面頰一陣劇烈抽搐，狠狠一頓足，甩袖離去……

「阿福，你怎可如此無禮？」

「他無禮在前，焉能怪我？」曹朋看著鄧稷，大聲反駁。

步騭則看著曹朋，眼中流露出奇異的光彩。

「叔孫，算了吧！」濮陽闓站出來說道：「子旗心高氣傲，難免氣盛。從見他之初，我便知他並不願意相隨。之所以過來，其實就是看在子山的面子上。道不同不相為謀，人各有志，又何必強求？子山，你如果不想留下來，也可以走。友學剛才的那番話雖然有些無禮，但有些話，卻說得沒錯。人無論才華大小，要看他是否願意做事……至少，我們在做事！」

步騭此刻其實也很猶豫。他和衛旌關係很好，但另一方面，他也能感受到鄧稷的赤誠之心。曹朋那一番話，說到了他的心坎裡。

人無論才華高低、年齡大小，只看他是否願意做事。

衛旌的才華，無疑是有的。可說實在話，他有點心高氣傲，說難聽一點，就是好高鶩遠……

步騭倒是想做些實在事！

他正猶豫間，卻見曹朋拿出來一卷竹簡。

「姐夫，海西北集市整頓，已經迫在眉睫。之前那些商蠹子們，現在想來也有些頂不住了！我做了一份計畫，若成功，則海西必將改頭換面。」

步騭乍聽曹朋這番豪言壯語，不由得立刻來了興趣！

章十一 誰贊成，誰反對

建安二年十月，曹操揮師進擊，大破袁術軍。

斬袁術大將橋蕤、李豐、梁綱、樂就等多人，僅止張勳倖免於難，護送著袁術逃回了淮南。

這一年，袁術先敗於呂布，後敗於曹操，淮北之地盡失，能爭之將盡喪，從此一蹶不振，再也回復不到早先的盛況。與此同時，淮南地區忠於漢室的士族豪客，也漸漸和袁術疏遠。

眨眼間，已經到了十月下旬。算算時間，鄧稷到海西縣已大半個月了！

短短半個月的時間，鄧稷做了許多事，他先除掉海西一霸陳升，而後又平抑海西的物價，在海西初步站穩了腳跟。海西人也發現，這位鄧縣令似乎對剿匪之類的事情不感興趣，在召回一百名巡兵之後，就沒了聲息。除了拜訪廣陵郡太守陳登之外，其餘的時間就是整頓縣衙，修繕海西城牆。這麼多年過去了，海西的城牆早已殘破，也是時候修繕了。

以前，鄧稷沒有實力。而現在，他剷除了陳升，將陳升的家產盡數納入府庫。

陳升的家產極為驚人，經初步清查，拋開他名下的田產奴僕，還有庫藏的商品貨物之外，僅家中的銅錢就多達千萬。這還要拋去之前他購進糧米的數千萬，全部算下來的話，已逾億錢！

就連曹朋也在私下裡感慨，陳升真是個斂財的高手。十年間，資產逾億……怪不得能夠在海西稱王稱霸，他的資產幾乎快要比肩那些祖世豪門。

步騭在清點陳升的財產之後，也忍不住發出感慨，這麼多錢帛，可令海西三年無須稅賦。

不過，這麼多錢財，海西縣一家也無法吞下。在清點了陳升的家產後，除糧米等物資之外，其餘一應珍奇寶物，鄧稷命人盡數送往廣陵。這也是曹朋對鄧稷的建議——所謂利益均沾！

鄧稷一個人，根本不可能吃下這麼多的錢貨，與其遭人嫉妒，倒不如爽快一些，交好別人。廣陵陳氏給足了鄧稷面子，或者說是給足了朝廷面子、給足了曹操面子，那麼投桃報李，鄧稷也必須讓出一部分利益出去。能夠得到廣陵陳氏的支持，遠比數百萬錢的財貨重要。

對此，鄧稷也表示贊同。

清查還在繼續，不過負責清查的人已換成了步騭。

由於衛旌沒有留下來，鄧稷手中的可用之人依舊不多。面對陳升留下的龐大家產，以及海西縣諸多紛雜的事情，單憑步騭一個人，仍顯得捉襟見肘。在這種情況下，對廣陵相對熟悉的步騭，向鄧稷推薦了一人，名叫戴乾，表字茂曾，是丹陽人。此人原本是漢室長吏，性嚴謹，做事一絲不苟。按照步騭的說法，如果能請來這個人，必能幫助鄧稷治理海西。

其實，海西縣也不是沒有人才。比如現為廣陵郡綱紀的徐宣，便是土生土長的海西人。不過，徐宣的出身不差，也算是冠族，而且頗有名聲。可惜以鄧稷目前的狀況，也請不動這樣的人物。倒是一些有才幹又不得志的人，可以任用，但這樣的人也必須要仔細的籌謀。

聯想後世作品中，主人公虎軀一震，四方來投的盛況，曹朋也頗感無奈。

戴乾？又是一個陌生的名字……不過既然是步騭推薦的人，想必也不會太差。

東漢末年，招攬人才有很多種方式，比如征辟，比如舉薦……但對鄧稷來說，征辟也好，舉薦也罷，都不太合適。

就如同曹朋對他說的那樣，「咱們現在沒有資格去征辟，也不會有人願意來毛遂自薦，想要招攬來可用的人才，就必須要拿出咱們的誠意。就如同當初你登門請來濮陽闓，現在也應該登門

章十一

誰贊成，誰反對

去請戴乾。只有這樣，才能表現出你求才若渴的心思，才能打動廣陵那些不得志的人才。」

鄧稷覺得，曹朋這個想法很正確，便決定親自前往淮陵，去請出戴乾。

不過在出發之前，鄧稷還要做一件事。

出發的前一天，他把海西縣四里里長找了過來。

這也是鄧稷上任後第一次，正式召見海西縣的吏員。里長是由縣衙從當地人選聘出來的，充當官府和百姓的紐帶，按比虎口，督察奸非，催趨賦役，聽從縣衙的差遣……現任海西縣四里里長，還是三年前被當時的縣令委任。此後海西一直動盪，也就沒有人再去管理。

按理說，里長的俸祿，是由縣令發放。可由於這些年來，海西官員更迭，也沒有正式發放過俸祿。陳升在海西的這幾年裡，里長們早就荒廢了自己的分內之事，如果不是鄧稷召見，他們甚至忘記了自己還是個里長。

這一想起來，四位里長頓感恐慌。

為什麼呢？

里長這官職雖然端不上檯面，卻也是縣衙吏目。新任縣令走馬上任，里長就應該出城三里恭迎。然而鄧稷就任至今已過去了二十餘日，這些里長沒有向衙門邁進一步。這至少是兩條罪名，一是玩忽職守，二是怠慢上官。而僅此兩條，就足夠讓四位里長提心吊膽。

果不出所料，四位里長被鄧稷罵得狗血噴頭。

不過就在他們失魂落魄、準備離開縣衙的時候，又被步騭喚住。

「四位尊翁，縣令今日之所以生氣，並非是因為你們不恭敬、沒有迎接、更沒有前來應卯。縣令是氣憤你們身為朝廷吏目，卻沒有充當起朝廷的口舌，任由強人作亂，稱霸海西而使朝廷威信蕩然無存。這些年來，海西之所以出現這樣的狀況，四位也有責任……」

「然縣令也明白你們的苦衷。今日叫你們過來，一則是斥責，另一件事，就是要你們領取過去三年來理應獲取的糧俸。依照朝廷律例，爾等每年當有四十石糧俸，三年下來，共拖欠你們每人一百二十石。這裡一共是十塊俸牌，你們持此俸牌，至北集市米行找胡班領取糧俸吧。多餘出來的二十石，權作補償，你四人分掉就是……」

四位里長只覺得恍然如夢！三年了，居然還有糧俸？

他們接過俸牌，跌跌撞撞走出縣衙後，站在大街上相視良久，突然間放聲大哭。

三年來，他們也承受了許多的委屈，而今，他們終於感受到了官府的回歸。也許從現在開始，海西要變天了！

四位里長被鄧稷斥責，同時又補回了三年的糧俸。

而剛修繕好的縣衙，在海西人眼中，突然又有了那已經失去多年的威嚴之氣。

「王先生，鄧縣令回來，到現在也不肯召見我們，究竟是什麼打算啊！」

賈人們再一次感受到縣衙方面傳遞過來的無形威壓。鄧稷召見里長的行為，向所有人透露出一個消息：從現在開始，海西縣將納入縣衙的治理，所有的一切事務，都由縣衙做主。

那麼，鄧稷會怎麼對付早先和他作對的那些賈人呢？

陳升前車之鑒，仍歷歷在目。幾十顆已經風乾的人頭，還懸掛在縣城的箭樓。鄧稷一天不表明態度，海西的賈人便一天不能安心。不得已，他們又一次聯袂來到王成的家中，這一次他們可是真的有些惶恐了！

「鄧縣令又出去了。」

「啊？」

「他昨日夜間帶人往淮陵去，如今不在縣衙。」

王成也是一副很無奈的表情，苦笑著對眾人道：「實不相瞞，自那天夜裡在縣衙飲宴之後，我就再也沒見過鄧縣令。縣衙的一應事務，皆由縣丞和主簿兩人負責。濮陽大人最近是忙於處理案牘公務，主簿步先生的主要精力都放在清點陳升家產一事，所以並不清楚鄧縣令的想法。」

「那曹公子呢？」布莊的馬掌櫃忍不住開口了。他這些日子著實花費不少心思，打聽到了許多事情。他問道：「我聽說，鄧縣令對他的妻弟可說是言聽計從。雖說只是兵曹，但若論地位，又在縣丞和兩位縣尉之上。王先生，實在不行的話，咱們拜訪一下曹公子，請他出來飲酒？」

「是啊，是啊！」既然一時半會兒見不到鄧稷，也可以和曹公子拉上關係嘛。

賈人們好像一下子開了竅，七嘴八舌的說起來。

「請曹公子到荷花坊……」

「呸，現在是冬天，荷花池裡什麼都沒有，你讓曹公子去喝冷風嗎？還是到在下的九品湯池……」

「你休得胡言，論年頭，你那九品湯池焉能比得我荷花坊？我荷花坊的姑娘，個個都是水靈靈，長得國色天香。九品湯池那等地方，怎請得曹公子大駕？」

王成哭笑不得，起身喝止：「諸公，且聽我一言。請曹公子的事情我倒是可以幫忙。只是曹公子乃高雅之人，當年曾為襄陽鹿門山龐尚書所看重，險些成為鹿門弟子。你們說的那些地方著實不登大雅之堂，還是不要說的為好。再者說，曹公子年方十四，從未聽說他喜好那些事情。我倒是聽到了一些傳聞，曹公子的尊翁，也就是鄧縣令的丈人，乃隱墨鉅子，如今在少府效力。我覺得大家與其請曹公子去那些地方，倒不如尋一些奇技淫巧之物奉與曹公子，可能會更有用。」

「呃……」屋中傳來一連串的輕呼。原來曹公子的父親，還是隱墨鉅子！

「王先生不愧是王先生，果然厲害。」金市的黃掌櫃撫掌稱讚，一臉的諛笑，對王成道：「說來也巧，我家中就有一些小玩意兒，說不定曹公子會喜歡。」

「只你家有寶物，我家便沒有嘛？」

「就是，黃掌櫃你這話說得忒不厚道，王先生是為大家著想，你怎能只顧及自己？」

一群賈人義憤填膺，指著黃掌櫃破口大罵，把那黃掌櫃罵得訕訕然……

王成眼中，閃過一抹精芒。臉上浮現出一抹不易覺察的笑容，他眯起眼，輕聲道：「但不知諸公家中，都有什麼寶物？」

一夜冬雨，氣溫再次下降。

曹朋起了一個大早，走出臥房，舒展身體。

王買和鄧範已經起來，正在毗鄰跨院旁邊的空地上練習抖桿。兒臂粗細的白蠟桿，隨著兩人的動作，產生出奇異的震盪，更引發出兩人身體上肌肉的共鳴。站在一旁，曹朋可以感覺到兩人身體氣血震動的韻律……他暗自點了點頭，看起來虎頭哥和大熊突破在即啊！王買似已快進入易筋的水準，而鄧範也快到了易骨的巔峰，假以時日，自己身邊又要多出兩個易筋的高手……

「阿福，咱們來較量一下。」

就在曹朋看著王買兩人練功的時候，典滿和許儀滿頭大汗，興高采烈的跑過來。

「是啊，從許都出來以後，咱們可就沒較量過了。」許儀一臉的興奮之色，笑呵呵說道。

這二人，業已達到易筋的水準。雖說力量和經驗無法和周倉、夏侯蘭相比，但和當初在許都時，已是天壤之別。果然是猛將世家，這身上的基因，就是和普通人不一樣！

王買隨曹朋練功的時間最長，可到現在，還沒有突破易骨。倒是典滿和許儀提前晉級成功。

曹朋活動了一下身子，把身上的棉袍脫下，正準備下場和許儀較量一番，卻看見胡班從前院急匆匆的跑來。

「公子，王成求見！」

曹朋一怔，「王成？他昨天不是來過了，怎麼又來了？你就說縣令還沒有回來，有什麼事情，和縣令商量就行。」

胡班連忙搖頭，「公子，王成是來找你的。」

「找我？」曹朋愣了一下，旋即笑了！「怎麼，他們終於想起我來了？」

「呃……」胡班實在不知道該怎麼回答曹朋這一句話。

好在曹朋並沒有就這個問題說下去，話鋒陡然一轉，「胡班，你告訴王成，就說他的來意我已明白。讓他回去告訴那些人，今晚我在北集市飛揚閣擺酒，該來的人，一個也不能落下；不該出現的人，最好別讓我看到。還有一句話，你告訴他，我可沒鄧縣令好說話。」

「喏！」胡班躬身，旋即又道：「那王成帶來的禮物……」

「他們想送，那就留下吧。」

「小人明白。」胡班聽聞，呵呵的笑了，轉身離去。

而曹朋則轉過身，走到場中，擺開了一個起手式，朝許儀笑道：「二哥，咱們開始吧！」

「子山，你說友學搞出來的這個東西，真能管用？」

衙堂一側的公房裡，濮陽闓眉頭緊皺，似有些擔心的看著步騭。眼中，有一絲絲不滿，又帶著一絲絲的憂慮。

步驚喝了一口水，搖了搖頭，「這東西還真不好說。乍聽之下，似乎荒謬，但如果細想，又好像有道理。我不擔心這東西會不會管用，只擔心這件事能不能推行。如果能夠推行起來的話，說不定能產生作用；但問題是，那些商蠹子會同意嗎？友學的年紀還是有點小，能不能鎮住那些人，的確是一個很大的問題啊！」

濮陽闓起身，走出公房，站在門廊之上，負手眺望天邊殘陽，陷入了沉思之中。

華燈初照，北集市經過數日蕭條，又恢復了往日的生機。

飛揚閣是陳升的產業，如今為官府所有。經過幾天整頓之後，飛揚閣重新開張。不過和早先飛揚閣魚龍混雜的場面相比，新開張的飛揚閣有著明顯的不同。首先，館內整頓之後，變得寬敞許多，且清靜許多。蒲席食案的擺放井然有序，每一張食案的間距比之早先拉大，中間還設有簡易的屏風。這樣一來，即便是有人吵鬧，也不會影響到其他的客人。

可以說，飛揚閣新的布局，更為體貼，更人性化。

但，這裡可不再是原先什麼人都能進來的普通酒樓。它搖身一變，似乎成了一個高尚之所。

各個侍者全都換上了嶄新統一的服裝，顯得更加規範。

走進飛揚閣後，撲面而來的不再是喧囂吵鬧，而是一種雅致，一種韻味。正中央修建了一個池子，水池中間則是一座涼亭。有歌姬舞女在涼亭中表演，既不打攪客人，又能讓客人們感受到一種儒雅之氣。整體而言，飛揚閣並沒有大興土木，卻與早先的是截然兩個味道。

金市的黃掌櫃不由得發出感嘆，「馬公，這才是我等應該來的地方。」

馬掌櫃也連連點頭，「想當初陳升經營此地，不過是一群粗鄙之人所居之所。如今這飛揚閣，可算得上海西翹楚，已截然兩樣。不過，我估計在這裡吃酒，所需花費恐怕不會少吧。」

他看向那領路的侍者，認出這侍者，居然是早先陳升家中的僕人。

侍者連忙回答：「回馬老爺的話，鄧縣令有命，飛揚閣不會對外開放，只有本地會員才能入內。」

「會員？」

這可是一個全新的名詞。

侍者說：「正是。」

「那這個會員……怎麼獲得？需幾多錢財？」黃掌櫃頗有些看不上馬掌櫃，便走上前問道。

「這個會員，不是說交錢就可以的。首先，成為會員必須要有一定的身分和地位，必須經由里長呈報，而後官府審批後方有資格。」

「啊？這麼麻煩？」馬掌櫃搖搖頭，露出一副不屑之色，「誰願受這等繁瑣！」

「這是身分！」侍者回答：「是身分的象徵。」

侍者臉上同樣浮現出不屑之色，令馬掌櫃好生尷尬。

「整個海西能有多少人獲得這身分？老爺們將來談生意，帶著客人往這邊一坐，那本身就是一種地位的象徵。馬老爺，這可不是什麼繁瑣！也不是什麼人都能得到的榮耀……」

那言下之意，你這等人，還不一定能有資格呢。

黃掌櫃頓時樂了，連連點頭，「說得好，這身分地位，拿錢買不來。」

自古以來，商人的地位不高，更被人稱之為五蠹之一，哪怕再有錢，也不一定能得人待見。而對於這些商人來說，能得到社會的認可和重視，無疑是一種榮耀。就像侍者說的那樣，這東西可不是有錢就能夠得來！沒錯，日後和人交易，帶著那些人往這邊一坐，那就是身分，就是地位，就會顯得與眾不同，就會倍有面子。

「嗯，回頭我就去找里長商量此事……」幾位掌櫃紛紛說道。

一層正中央，池中涼亭裡的樂伎，撫琴奏樂，為飛揚閣平添幾分韻味。

登二層樓臺，令人頓感耳目一新。空蕩蕩的大廳，正中間一個主位，兩邊排列食案蒲席。

「老爺們將來商量事情，就可以在這裡用飯。樓下不會驚擾樓上，更不需要擔心有人來打攪……請老爺們入座，公子很快就會過來。」

馬掌櫃等人戰戰兢兢坐下，環視四周。

這二層的氣氛和一層明顯不同。一闕《大風歌》橫匾懸於正牆上，龍飛鳳舞，功力卓然。這《大風歌》，正是鄧稷在廣陵縣從陳珪手中求來。大風起兮雲飛揚！正合了飛揚閣之名。

「諸位，你們說曹公子召見我們，究竟想說什麼事情？」

「我說馬公啊，你這不是瞎問嗎？咱們誰也沒和曹公子說過話，連王先生都沒有見到曹公子，怎可能知道是什麼事情？不過呢，我估計這位曹公子，傲得緊！以前王先生拜訪鄧縣令的時候，鄧縣令還親自接見。而這一次，王先生送禮過去，禮留下了，曹公子見都不見。待會兒，大家都留點心，言語間多注意些，別開罪了曹公子，那可就麻煩了……」

說話的是木作行的潘勇潘掌櫃，個頭不高，圓圓的臉，矮矮胖胖，看上去讓人覺得很親切。但可不要因為他長得親切就小覷了他。潘勇手裡握有北集市最大的木作商行，據說和海賊盜匪也有聯絡，負責為那些人銷贓。

其實，北集市有頭有臉的商人，底子都不太乾淨，只不過在表面上還算是人模狗樣……

「潘公，你這不是廢話嗎？今兒大家坐在這裡，誰又會得罪曹公子？」黃掌櫃不以為然道。

「姓黃的，我也是好心好意提醒，你幹嘛口出不遜！」

「我就是聽不慣你廢話。」

眼見雙方就要起爭執，忽聽樓下有人高聲喊道：「曹公子到！」

那人的嗓門極為洪亮，頓時壓住了樓上眾人的爭吵聲。與此同時，原本迴盪在樓下的優雅琴聲，戛然而止。坐在樓上，可以清楚的聽到樓下馬蹄聲響，緊跟著，步履聲傳來，不是一個人，而是許多人行進。但若不仔細聽的話，許多人還以為那是一個人的腳步聲……

整齊，而一致！

曹朋一身黑色棉服大袍，腰下白玉帶，上面懸掛一只深紫色香囊；腳下一雙白底黑面的文履，衣袂飄然，登上飛揚閣。在他身後，則有典滿和許儀兩人，虎背熊腰，一副凶神惡煞的模樣。三人登樓之後，樓上眾人紛紛起身，一臉的諛笑之色。

看著眼前這些人，曹朋心裡突然生出奇怪的感受。一年前，他還是個病臥床榻，氣息奄奄的

章十一 誰贊成，誰反對

窮小子；可一年之後，他已然成為海西縣的衙內。這身分上的變化，讓曹朋恍若夢中。

深吸一口氣，他朝著眾人點點頭，逕自走向了主位。

典滿和許儀在曹朋身後，和曹朋一起分坐主位兩邊。隨即，十名壯漢登上了酒樓，兩個人站在樓梯口，其餘八人則分列兩旁，一個個都是膀闊腰圓，並且全都佩戴有兵器……

這十個壯漢，都是許家的家將。往那裡一站，就透著一股剽悍之氣。

「曹公子，在下是金市黃整。」

「小人木作行潘勇。」

「小人布莊馬濤。」

「……」

賈人們紛紛起身，弓著腰，與曹朋見禮。曹朋面無表情，一一點頭回禮。

沒錯，他年紀是小！可越如此，這架子就越要擺起來。這都是一幫老油子，給他們一點好臉色，就會蹬鼻子上臉。

有的時候，必要的沉默，比千言萬語都有用。曹朋很清楚這個道理，而且他也不需要和這些人客套。換作鄧稷，可能還要有場面上的計較。但曹朋不需要顧慮，他現在充當的，就是海西第一衙內的身分，而且還是個實權衙內，手握海西兵權……雖說，他手裡不足兩百人。

「諸位都是老海西了，也是這海西縣有頭有臉的人物。」曹朋慢條斯理的開口，賈人們立刻止住話語。「大家都看一下，人都到齊了沒？」

「到齊了，都到齊了！」

「那好，從現在開始，任何人不得再上來。」

曹朋話音剛落，就聽樓下登登登一陣急促的腳步聲傳來。一個中年男子氣喘吁吁的跑上來，大冷的天，他出了一頭的汗，一邊跑，一邊連連拱手。

「對不住、對不住，葉某來遲、來遲一步，還望海涵。」

「這位是……」曹朋一蹙眉，慢聲慢氣的問道。

「啊，小人是米市葉倍，店裡耽擱了一些事情，以至於來晚了，還請曹公子海涵。」說話間，這葉倍就要坐下來。

許儀臉一沉，一擺手，兩個壯漢上來，就把葉倍面前的食案搬走。

「葉掌櫃，你何時出的門？」

葉倍看著空蕩蕩的身前，聽曹朋發問，不由得一哆嗦。「小人……」

「黃掌櫃是吧。」

「小人在！」

「你什麼時候出的門呢？」

「回公子的話，小人得知公子設宴，故而午後就闔了門市。晡時後便出門，酉時便抵達。」

「馬掌櫃呢？」

「哦，小人和黃公差不多，都是酉時前抵達。」

曹朋笑了，「葉掌櫃，你看黃掌櫃和馬掌櫃，還有在座的所有人，酉時之前便來了。某家也是在酉時抵達，偏你遲到，最後一個過來……既然你這麼忙，那就回去吧，我們都很清閒。」

「是啊、是啊，這時候哪有什麼生意？」一群賈人連忙回應，全然不理葉倍哀求的眼神。

「曹公子，小人……」

「你給我住嘴！」曹朋聲音陡然拔高，「當初鄧縣令請你吃酒，你沒有來；如今我請你吃酒，你又姍姍來遲。莫不成，在座諸公都比不得你高貴？你一個小小米蠹子，好大的排場。」

曹朋的臉色陰沉沉的。即便有人想為葉倍求情，也不由得嚥了口唾沫，乖乖的閉上嘴巴。

「既然你看不起大家，那這裡也就沒有你的位子……來人，把這米蠹子給我趕出去。」

「喏！」兩個壯漢上前，不由分說，架起葉倍就走。
「馬公，黃公，我冤枉啊……」
不等葉倍說完，家將就把他帶到了樓梯口，往下一扔。
葉倍慘叫著，從樓梯上滾了下去。而酒樓上，此時卻是鴉雀無聲，所有人的臉色慘白如紙。
「我這個人，脾氣不好！」曹朋沒有喝酒，而是倒了一碗水，潤了潤喉嚨。
他看著在座的商賈，臉色一變，頓時笑容滿面，「有些事，鄧縣令能忍，我卻忍不得……可能你們會有人說，你不過是鄧縣令的妻弟，架子居然比鄧縣令還大，脾氣比鄧縣令還壞？」
「啊，不敢、不敢！」
「呵呵，聽我說完。」曹朋說：「我想說的是，我就這性子……人敬我一尺，我敬人一丈。人若對我不敬，我讓他家破人亡。大丈夫就應該快意恩仇，哪來得那許多的規矩？二哥、三哥，我說的可對？」
許儀和典滿連連點頭，「不錯，大丈夫正當如此。」
「葉掌櫃不給我面子，就是不給鄧縣令面子，就是不給陳太守面子，就是不給朝廷面子！」
商賈們不約而同嚥了口唾沫：你他媽的才是最不講理！

這大帽子扣得，那叫一個狠啊……

什麼叫不給朝廷面子？不給朝廷面子，那不就是等於造反嗎？

「葉掌櫃的米行，我看沒必要再留下了！」曹朋手指輕輕敲擊食案，目光炯炯，環視眾人。

這小子，還真是趕盡殺絕啊！

「黃掌櫃！」

「啊，小人在。」黃掌櫃聽到曹朋喚他，嚇得一個激靈，立刻出來，匍匐在地。

曹朋卻好像沒有看見一樣，自顧自喝了一口水，「過去三年裡，葉掌櫃在海西發了大財，賺了很多錢。有道是，一粥一飯當思來處不易，半絲半縷恆念物力維艱。我覺得這句話說的不對！我們做人，要有感恩之心。一粥一飯固然要思來處不易，可若沒有朝廷，何來粥飯？」

「那是，那是……」

「可葉掌櫃在過去三年裡，卻沒有向朝廷交納半點賦稅！」

「這個……」

「所以我認為，這等逃稅行為，理應受到重罰！」曹朋臉色柔和許多，看著黃掌櫃說道：

「黃掌櫃，如果我讓你來接手葉掌櫃的米行，你又會怎麼做呢？」

當曹朋說到賦稅問題的時候，在座的所有人都噤若寒蟬。

黃掌櫃更是被嚇得瑟瑟發抖，面無人色。要知道，過去三年裡，海西連縣衙都沒有，哪去交賦稅呢？倒是平安錢交了不少，但都交給了陳升，而不是繳納給朝廷。可曹朋後面一句話，令黃掌櫃頓時喜出望外。他吃驚的抬起頭，看著曹朋，而其他人則用羨慕的目光看著他。

「小人必竭力為朝廷效勞。」大悲大喜，轉換得太快，以至於黃掌櫃如墜夢中。

曹朋滿意的點頭，「我要的，就是黃掌櫃這個態度！」說著話，他拍了拍手，「胡班，把東西都拿上來。」

海西縣北集市商業區開發治安管理條例。

左伯紙上，寫著這樣一行大篆。

所有人的心裡都不由得咯登一下。早就聽說了這個古怪的東西，一直以來，大家也都在費盡心思打聽其中的內容。可是，當這麼一張精美的左伯紙擺放在他們面前時，所有人又感到忐忑不安。這裡面究竟是什麼內容？鄧稷搞出這麼大的動靜，想必也不會是簡單之物。

九個海西縣商賈深吸一口氣，認真閱讀。

其實，這就是一份類似於後世的行業規範、市場規範的綜合體。裡面表明了官府的態度，絕不會打壓，或者抑制海西商業的發展，並且願意給予海西商人一定程度的社會地位。但海西的商業，必須要有行會和官府共同掌握。如果商人們出了事，海西縣衙可以用官方的身分進行協調；但如果官府需要商人們的幫助，商人也必須履行職責。

同時，條例規定，海西縣目前的金市、米市、木作、布莊等行業，需成立相關行會，以保護本地商業發展。行會與行會之間如果出現矛盾，則交由官府解決。當遭遇外來商業入侵的時候，行會必須承擔起保護本地商業的責任。比如說，有一些人試圖惡意哄抬市價，那麼行會就必須聯合所屬成員進行反擊、平抑、協助縣衙，以維持海西縣的平穩和發展……

行會的概念，產生於隋唐，興盛於兩宋，沒落於清。

東漢末年，行會還沒有產生，但手工業和商業已經開始有了發展的趨勢，跨地域的商業行為也隨之產生。商賈的地位雖然並未獲得提高，但已經開始積極的參與到社會行為中。

比如，當初資助曹操的衛茲，就是一位大商人。此外，還有資助過劉備的張世平和蘇雙，以及後來在徐州歸附劉備的麋竺、麋芳兄弟，都是商賈出身。

曹朋向鄧稷提出了行會的概念，並且依照後世的一些經驗，對北集市進行約束和管理。按照曹朋的想法，他希望藉用這種方式拉攏那些商人，形成一個足夠巨大的利益網絡。

事實上，每一個世家大族的背後，都存在著巨大的利益關係。

這種利益關係同樣具有地域性和排他性，從某種程度上來說，和行會的性質頗為相似……比如廣陵的陳氏，荊襄的蒯氏，盧江的陸氏、全氏。這些家族都擁有巨大的商業網絡，甚至包括如今的明漢將軍孫策孫伯符，也是富春豪商出身。

曹朋也不說話，喝了一口水，便閉上了眼睛。

商賈們在看完了這份條例之後，一個個面面相覷。不可否認，海西如今雖然商業繁榮，但是卻缺乏一個規範的管理，加之朝廷對於商賈們的打壓，在律法上同樣歧視商人存在。

「曹公子……」黃整穩定了一下心神，開口想要發問。

卻見曹朋睜開眼，一擺手，便打斷了他的話語。

「大家都看明白了？」

「呃，看明白了……」

「有什麼疑問嗎？」

「小人倒是有一個疑問，這個准入資格，是什麼意思？」

「所謂的准入資格，就是對商家的信譽進行審核調查。坑蒙拐騙，抑或者存著欺瞞客戶之心、信譽不佳的商戶，必須進行清查。若資格不符，則不能進入北集市……這樣做，是為了提高北集市的商業信譽度，促使更多的人前來交易。當然了，信譽好的，就可以賺大錢。」

說著，曹朋從食案上拿起一卷竹簡。

「這上面，記載了大約過去一年中，北集市的種種。哦，這個得要感謝那死鬼陳升，他記錄的倒是很詳細……過去一年裡，北集市發生過大小欺詐案件，共六十六次，其中貨殖超過十萬錢的案件有十七次。所造成的結果，許多客人在被欺騙之後，或自盡身亡，或不再涉足海西。」

「如果，我是說如果，一個商人能為海西帶來十個商人的話，就可以有一百個海西人攬到活計……也就是說，去年一年的時間裡，海西縣有一千七百個海西人失業。每個失業者背後以三口之家計算，就是五千一百個人有可能餓死，或者流離失所。諸公，五千一百個人，幾乎占據海西總人口的一成六……呼，我看到這個數字，不免感到心驚。」

不只是曹朋表示心驚，在座的商賈們也有些心驚。

曹朋的數據很明顯不準確，但是隱隱包含著一定的道理。

「所以，北集市的規範化，勢在必行。別看海西現在繁華，可實際上卻隱藏了諸多危機。設立准入制度，就是要大家規範北集市的環境。一個良好的商業環境，可以令海西獲得更多的發展機會。海西發展的越好，諸公的身分和地位也就會越高。諸公的身分地位越高，就能賺到更多的錢貨。賺到更多的財貨，就能使海西的信譽更好……總之，這就是一個良性循環。大家可以展望一下，有朝一日海西縣，甚至有可能成為東部最大的商業集市……」

前世，曹朋是個刑警。但在一個完全以經濟發展為主體的社會裡，耳濡目染，還是知道很多經濟上的術語。加之當時他所破獲的那個案子，涉及面很廣，在破案追查的過程中，他同樣是受益良多。

這一番言語，如同一滴水，掉進了油鍋，頓時沸騰起來。

東漢末年的商業行為，大都還是一些雛形。誠信二字的確是商賈必須之學，但如果說到理論的完善，曹朋這個半路出家的半吊子，著實給眾人上了一堂生動的課程。規範市場，建立城市信譽度，以點帶面的推動整個海西商業的發展，並由此而產生巨大的利益……

行業規範，市場規範……一個又一個新名詞進入眾人的耳中，產生出巨大的凡響。

說實話，宴請曹朋之初，這些商賈並沒有把曹朋看在眼中。

一個十四歲的娃兒，能有什麼本事？若非他有個好姐夫，估計現在什麼都不是。可是，飛揚閣獨特的設計理念，讓他們開始產生了一些認可。而後曹朋在對待葉倍的事情上，更展現出一種超乎他年齡的狠辣。只一句話，就令葉家家破人亡，這種紈褲，得罪不起啊！

於是，人們心裡產生了敬畏。

而現在，曹朋又為他們規畫出一張美好的藍圖……

黃整問道：「那這個准入資格……」

「准入資格，必須每年進行審評，每次審評都必須由行會和官府通過。每一個進入北集市的商家，必須向官府交納管理費用。並根據商家的交易額度，產生交易稅，納入府庫……同時，行會每三個月要向官府交納管理稅……呃，這幾個費用，想必不需要我進行解釋吧？」

漢代的賦稅很重，但是如曹朋這般赤裸裸的徵收，還未有過。

馬掌櫃結結巴巴問道：「這個、這個管理稅，又是怎麼回事？」

「呃，就是維持北集市治安，保證諸公利益的稅賦。這麼說吧，我這裡還有一筆帳，和大家說一說。其實，諸公明裡暗裡所做的事情，咱們都心知肚明。比如黃掌櫃，你去年二月經手了一批雲錦，說是從吳郡購來，卻賤價賣給了下邳周家。那批雲錦，又是從何處得來？」

黃整臉色頓時蒼白，結結巴巴的，不知道該如何回答。

「其實咱們都清楚，我並不是想要追究，只是藉此來說明一下北集市的客商複雜程度。北集市的客商，魚龍混雜，很難說得清楚來歷。若遇到明白事理的，還好說！如果是那種不講道理的人，難免有強買強賣，甚至會造成衝突。所造成的影響，並非我願意看到。這個管理稅，就是為杜絕這些不講道理的人鬧事，影響了大家的生意……」

「馬掌櫃問得好！怎麼管理呢？我們也想出了對策……從明日起，將會在北集市設立曹掾署，納入海西法曹治下。曹掾署將徵召一些人手，由專人帶領，巡查集市。只要是發現違背規範條例的商家，或者在集市中尋釁滋事之人，自會有曹掾署負責處置……」

「這個曹掾署，我初步計畫招納百人，對北集市晝夜巡視。凡是遇到了困難，或者出現了問題，都可以透過曹掾署，報知官府或者行會……總之，管理稅就是用於曹掾署的建立。諸公所繳納的管理稅，到頭來會一文不少的用在諸公的身上。這也算是取之於民，用之於民。」

曹朋這一番解釋過後，眾人紛紛點頭。

沒錯，由於北集市的人員複雜，時常會出現種種事故。如果商家的背景強橫一些，就比如之前的陳升之流，可以自行處置，但不免有橫行霸道之嫌疑；若是沒有背景的小商家，就會比較倒楣，也沒有人為他們做主，只能靠自己解決問題。

誰贊成，誰反對

運氣好的，破財免災；運氣若是不好的，那可就不是一點點財貨的問題。

對於這種情況，在座眾人，感同身受。

曹朋喝了一口水，雙手攤開，放在食案上。

「情況就是這麼一個情況，事情就是這麼一件事情。同意的，就在上面簽字畫押，不同意的，現在可以離開。不過，我會給三天時間。三天之內，撤出海西，否則葉倍的下場就是前車之鑒。海西，我覺得挺好，很有搞頭。現在我希望大家和我一起來搞這件事，有錢大家一起賺。好了，情況我也已經說得很清楚了。現在，我只有一句話，誰贊成，誰反對？」

酒樓裡，頓時鴉雀無聲……

章十二 疑竇重重

衙堂，書齋。

濮陽闓用不可思議的目光，看著曹朋。

而步騭則坐在一旁，認真的看著手中那一疊條例，感覺有些頭暈。這些，如果是由一個成年人，比如自己、比如鄧稷去做，步騭絕不會有這樣的感覺。

偏偏做成這件事的人，是曹朋。而且從頭到尾策畫這件事的人，也是曹朋。

一個年僅十四歲……哦，好吧，用曹朋的說法，他馬上就要十五歲了！一個十五歲的少年，也許能上陣殺敵，也許可以搏殺疆場，但要說去談判……步騭還真有些不太放心曹朋。

畢竟，這種事情屬於細緻活，不必打打殺殺。

曹朋卻一臉沮喪，愁眉苦臉的說：「我這一刀，下的還是輕了。那幫傢伙根本沒商討，便同意下來。早如此，我就把管理稅提高到一千貫。看那幫孫子答應的那麼痛快，八百貫少了！」

濮陽闓苦笑……

「友學，你徵收這些賦稅，究竟做何用處？」步騭放下那些契約，看著曹朋，輕聲問道。

「做何用處？自然是養兵。」

「啊？」

「否則我成立那曹掾署做什麼用？」

濮陽闓不由得瞇起了眼睛，看著曹朋，半晌後輕聲問道：「你難道想要剿匪？」

曹朋站起身，走出書齋向四周看了一下，然後高聲喊道：「胡班，傳令下去，任何人不得靠近書齋二十步。」

「喏！」胡班現在幾乎成了縣衙的管事。

隨著周倉、夏侯蘭、潘璋、馮超一一被任用，許多時候，曹朋也不好再對他們像從前那樣呼來喝去。見胡班回應，曹朋這才放下心，轉身回來。

「濮陽先生、子山先生……實不相瞞，鄧縣令從未停止過平定海賊的念頭。只是我們都知道，那些海賊在縣城裡藏有耳目。一俟海西縣兵員補充，海賊必然會得到風聲，先下手為強。所以，鄧縣令和我商議，決定對外宣稱只收一百巡兵，不再擴充兵員。可這兵員，必須要擴充……隨著我們在海西縣站穩腳跟，早晚會觸犯到一些人的利益。別看現在咱們和海賊相安無事，但我敢說，我們之間早晚會有一場衝突，你死我活的衝突。」

濮陽闓和步騭面無表情，沉吟不語。其實他們何嘗不明白這個道理？只不過他們更清楚，一俟大肆擴軍，海賊絕不會任由鄧稷坐大。

「你成立曹掾署……」

「海西需要穩定，集市更需要穩定。我藉由整治集市，暗中私募兵員，人數也不會太多，百人足矣。到時候我會把這些人交給五哥和七哥來管理，藉集市之名，暗中訓練兵馬。」

「明修棧道，暗渡陳倉？」步騭眼睛一亮，立刻明白了曹朋的意思。

曹朋點點頭，輕輕嘆了口氣，苦笑著說道：「我們的實力，終究還是薄弱。如果我們有足夠的實力，又何必去偷偷摸摸？這也是沒辦法的事情，有些事情鄧縣令不好出面，索性就由我來做這個惡人。不過，這麼一點人手，還是不夠啊！」

「友學，慢慢來。」濮陽闓也不知道該如何開解，只能溫言勸慰。

「哈，我沒事……」曹朋深吸一口氣，抖擻精神。

他突然問道：「子山先生，陳升的那些產業，可已清理完畢？」

「大致上已經清理出來……此人名下的產業頗為驚人。除了北集市上十二家店鋪，涉獵各種行業之外，尚有千頃良田。他在城外的別莊，有數千莊戶，全都依附在陳升的名下，而不在官府戶籍。這種情況並非陳升一家，其他家也都存在著隱匿人口的現象……我現在有些頭疼，這數千莊戶該如何處置？若沒收了陳升田產，這些人又該如何生存？」

曹朋想了想，「屯田！仿效曹公在許都之事，咱們在海西屯田。」

「屯田嘛……倒是一個辦法。如若能屯田的話，至少海西不再需要從外輸入糧米，還可以保證倉廩充盈。只不過，我們的人口並不算多，單只數千莊戶，也難以成氣候，作用不大。」

曹朋聽罷這些，也覺得有些頭疼了……

步騭所說的，的確是一個現實存在的問題。

這些年來，由於屢受盜匪襲掠，所以海西人已很少從事農事。這也造成了一個很嚴重的後果，那就是海西縣受外來影響很嚴重。沒有民生產業，一切依靠輸入，終究難以長久發展。

曹朋問道：「濮陽先生，你估計那些商賈家中，會藏匿多少人？」

「哦，我這段時間整理案牘，倒也留意了這方面的情況。海西如今藏匿人口大概有七、八千人。嗯，差不多這個數字，我估計只會更多，絕不會比這個少。怎麼，你問這個做什麼？」

「能不能讓他們把這些藏匿人口釋放出來？」

濮陽闓和步騭相視一眼，齊刷刷搖頭，「這個，恐怕很難。」

「如果有利益呢？」

「那得看有多大的利益……若小了，這幫商蠹子恐怕不會同意。」

東漢末年，什麼最重要？

答：人口！

和後世熱兵器時代不同，冷兵器時代打的就是人力。

曹操平定青州，卻不肯殺掉那百萬黃巾眾，何也？為的就是人口！

而在東吳，孫氏不斷對山越開戰，圍剿土著……說是夷蠻之爭，其實所求的，還是人口！

有了人，可以種地，可以打仗，可以生兒育女，繼續增加人口。

說起來，那些世族大閥除了擁有顯赫的家世、傳承的家學之外，還掌握著大量的土地和人口資源。海西這些商人，又怎可能不清楚這個道理？

就如步鷺所說的那樣，沒有一個巨大的利益，想要他們讓出手中的資源？難度很大，很大！

可問題是，曹朋手裡，有什麼巨大利益能出讓呢？

夜已經深了，曹朋坐在房間裡，翻弄著面前的箱子。

九連環？這他媽的也能當禮物？

還有這玩意，不就是一個雕工精細的人偶，當老子是小孩子嗎？

箱子裡擺放著的，全都是海西商人透過王成送給曹朋的奇巧淫技之物。說實話，沒什麼用處。曹朋對這東西，一點興趣都沒有。

不過，他很奇怪的是，王成怎麼會想到了這個？是偶然，還是別有用心？

今晚，王成沒有出現在飛揚閣。這也是曹朋有意為之……他想要看看王成會有什麼反應！

可是根據胡班的報告，王成表現的很平靜，甚至沒有任何反應。晚飯時，他在西里的一家酒肆裡用飯，而後便回了家，睡覺了……

這不是一個正常人應該有的反應。

如果換作曹朋，一場忙碌之後，結果連出席的資格都沒有，肯定會不高興。

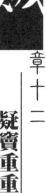

這傢伙，有古怪啊！

曹朋從書案上拿起玉球，在手中把玩起來。

「阿福，怎麼還不休息？」

「虎頭哥，我在想事情！」

王買就住在曹朋旁邊的廂房裡，半夜醒來，卻發現曹朋房間裡的燈仍亮著。他揉揉眼睛，迷迷糊糊的說：「阿福，別睡的太晚。如果想不明白，就先別去考慮，回頭再說。」

「我知道了……」曹朋放下玉球，卻不想那兩顆玉球在書案上滾動，一不小心撞翻了擺在書案邊緣的魚吻銅鎮。

銅鎮掉在了地上，發出一聲悶響。王買連忙走上來，將銅鎮撿起，在手裡擺弄了一下，正要放回書案上，卻突然間說：「阿福，你看這魚的嘴巴，真是有趣。」

「嗯？」曹朋伸手接過來掃了一眼。眉頭微微一蹙，他忙把銅鎮放在燈光下，仔細觀察。

「這魚嘴，的確是有點怪異，怎麼感覺著……」曹朋抬起頭，看著王買說：「我說不出來，但好像是不一樣。魚吻，魚吻……我怎麼感覺著，這魚嘴的形狀，好像是一個鎖芯啊。」

「是嗎？」王買拿過去，瞪大眼睛看了半天。「沒有吧！我看你是累了，早點歇著吧。」

「嗯……」曹朋暗自運氣，點了點頭，「可能吧，是我多疑了！」

「阿福，我覺得你最近有點瘋魔了！這種奇巧淫技，你又何必太過於在意呢？」

「是啊，我也這麼認為……慢著，你剛才說什麼？」曹朋呼的站起來，眼睛瞪得溜圓。

王買嚇了一跳，結結巴巴道：「我沒說什麼啊。」

「你說了，你說我……」

「哦，我說你最近有些瘋魔。」

「不是這一句，後面那一句。」

王買搔搔頭，笑呵呵道：「我是說，這種奇巧淫技，沒必要太上心。」

奇巧淫技！他抓起魚吻銅鎮，扭頭向擺放在旁邊的那口箱子看去，眼中閃爍著灼灼精芒，腦海中在一剎那間，好像變得清亮許多。

魚吻銅鎮——李廣利的寶藏——歷任縣令離奇的死亡——王成——眼前這些稀奇古怪的東西——麥成……

曹朋好像明白了，忽然間生出一股毛髮森然的感受，身上頓時起了一層雞皮疙瘩。

「阿福，你怎麼了？」王買看到曹朋的臉色很難看，連忙上前，攙扶住了曹朋。

「虎頭哥，還差一個環節，一個環節！」

「什麼一個環節？」

曹朋深吸一口氣，輕聲道：「一個能解開所有謎團的環節！」

子夜，下起了雨。海西的天氣就是這樣，說變就變，令人難以琢磨。

雨勢並不算太大，淅淅瀝瀝的，卻令溫度又降低了許多。曹朋往火盆裡扔了兩塊火炭，拿著一根棍子撥弄炭火。火光把他的臉照得紅撲撲，有些發燙。可心裡猶感到一些冰寒。

一個近乎匪夷所思的念頭，縈繞在曹朋的腦海中，讓他無法平靜。

如果真的是這樣，那問題可就嚴重了！

篤篤篤……房門被人輕輕叩響。

「誰！」曹朋猛然驚醒，抬頭喝問道。

「友學，是我！」

一個蒼老的聲音響起，讓曹朋不由得連忙起身。他走到門旁，拉開房門，就見濮陽闓站在屋外的門廊上。看到曹朋開門，濮陽闓微微一笑。

「友學，還沒有休息嗎？」

「濮陽先生，你怎麼……」眼角的餘光，看到迴廊拐彎處人影一閃。曹朋眼尖，一眼就認出那是王買的身影。

似乎一下子明白了，他苦笑一聲，朝著那處喊道：「虎頭哥，別藏了，我都看見你了！」

王買從暗處期期艾艾走出，低著頭，好像做錯了事的小孩子。

「友學，你別怪阿買，他也是關心你。」

曹朋搖搖頭，側身讓出一條路，「濮陽先生，進來說話……虎頭哥，你也進來吧，外面下著雨，天這麼冷，你還把濮陽先生叫起來。都告訴你我沒事的，你啊……進來再說話吧。」

濮陽闓和王買走進曹朋的房間，坐下來。

曹朋從火盆的掛鉤上取下陶罐，給濮陽闓和王買倒了一碗熱水。

「嗯……這水的味道怎麼這麼怪？」

「薑湯！」曹朋笑了笑，「天氣有些寒，喝點薑湯，可以驅寒暖身。濮陽先生，你先請。」

說著，曹朋也坐下來。

他的臥室擺設很簡單，一張床榻，一面牆擺著一排書架，還有一張書案和三副坐榻。

「友學，我聽阿買說，你遇到了頭疼的事情？」

曹朋猶豫了一下，「其實，也算不得頭疼……只不過有一個問題，我一直沒有想明白。或者說，一直沒有辦法確認。」

「哦？」

「濮陽先生還記得，我曾提起過海賊奸細的事情嗎？」

「嗯……記得。」

「這件事，得從陳升說起。」曹朋喝了一口薑湯，整理一下思路，取出一張麻紙，在上面畫了幾個圓圈。「當初馮超說，他父親馮縣令被強人所殺，我們都以為是陳升所為。不過後來我發現，陳升應該和這件事沒有關係。他蠻橫也好，不講道理也罷，但我不認為他和強人有關聯。原因嘛，很簡單……如果陳升和強人有關，根本不必和咱們打什麼經濟戰、輿論戰，反正他也殺過縣令，直接找人襲掠海西，把咱們幹掉就是。以他那性子，哪會費這許多周折？」

濮陽闓點頭，「你接著說。」

「如果陳升不是殺害馮縣令的人，那麼誰是凶手？還有一個問題，過往幾個縣令，並非都和馮縣令一樣強勢，為什麼也都離奇的被殺？馮超說，馮縣令是得罪了鹽梟。好吧，馮縣令得罪了鹽梟，那麼其他幾個縣令，好死不死的都去得罪了鹽梟嗎？這幾年來，縣衙空置，偏偏有一個人住在縣衙裡看門，還沒有領俸祿。我就覺得，這裡面有問題。」

濮陽闓的臉色，漸漸凝重起來。他不是傻子，焉能聽不出來曹朋這是話裡有話。

「友學，你的意思是……」

「濮陽先生，本來我只是疑惑，直到我們除掉陳升之後，我從陳升的書齋裡發現了這個。」

曹朋拿起那個銅鎮，推倒濮陽闓的面前。

「魚吻銅鎮！」曹朋輕聲道：「馮超告訴我，這個銅鎮的歷史很悠久，源自於海西國李廣利所造。此後海西國變成了海西縣，這魚吻銅鎮就好像鎮衙之寶一樣，一直流傳下來。同時，馮超還對我提到了李廣利當年所留下的一處寶藏。」

「原本我沒有把這些事情聯繫起來，可馮超一說，我突然產生了一個很古怪的想法。如果，我是說如果……這個寶藏真的存在，而這個銅鎮，就是找到寶藏的關鍵。有一個人……嗯，我現在也不知道是誰。這個人在偶然間知道了寶藏的消息，甚至還聽說了魚吻銅鎮的事情，於是他來到海西縣，秘密查找這處寶藏……後來發現魚吻銅鎮的下落，於是他……」

曹朋做了一個抹脖子的動作，濮陽闓立刻反應過來。

「你是說，幾位縣令的死，與寶藏有關？」

「嗯！」

濮陽闓的臉色，變了。「友學，你繼續說。」

「我一直在想，這個內奸是誰。他必須要符合幾個條件：第一，家境要豐厚，即便不是上上之家，但至少也能衣食無憂，不然這個人無法接觸縣衙；第二，這個人要有聲望，還得有些好名聲；第三，他可以進出縣衙，而不被人懷疑……」

「他的確是發現了魚吻銅鎮的下落，可很不巧，馮縣令突然把這銅鎮交給了陳升。於是，馮縣令死後，這個人找不到銅鎮的下落，而不久又來了新縣令。幾位縣令離奇被殺，而徐州也陷入兵荒馬亂，再也無人顧及海西，這個時候是尋找銅鎮的最好時機，但他要怎麼尋找呢？這需要有人留在縣衙，又不能被懷疑。」

「麥成！」濮陽闓脫口而出，臉色大變。

曹朋笑了，「看樣子，濮陽先生對這個人的印象很深刻嘛。一個牢頭禁子留在縣衙裡，從理論上而言，再合適不過。他身分地位都不算太高，留在縣衙中，也不會被人懷疑。當初咱們到海西的時候我就覺得奇怪，麥成在縣衙裡做什麼？」

章十二 疑竇重重

濮陽闓似有些激動，站起來在屋中徘徊，「不可能，不可能！」

「什麼不可能？」

「麥公乃先帝時太中大夫，也是個頗有道德的人。他怎麼可能……」

「濮陽先生，我還沒有說完。你且坐下來，慢慢聽我說。」曹朋攙扶著濮陽闓又坐下。

「你說！」濮陽闓穩了一下心神，平靜下來。

曹朋又倒給他一碗薑湯，覺得自己的思路似乎一下子通暢了很多。

當刑警時，常有案情分析的環節，說穿了，就是把破案的思路說出來，由大家拾遺補缺。

曹朋此前一直把這件事憋在心裡，找不到一個能說話的人。現在，濮陽闓在。他的人品，他的德行，可以信得過。曹朋和他一番傾訴之後，頓感自己的思路又清晰了。

一個又一個的環節，呼之欲出。

曹朋道：「說實話，一開始我並沒有想到麥大夫身上。我懷疑的人，是王成！」

「王成？」

曹朋點頭，「對！就是王成。當初我們到海西的時候，王成是第一個主動登門拜訪咱們的人，同時也是他，對外宣稱咱們要打海賊，要徵召兵士鄉勇，結果呢，造成了海西全縣對咱們的牴觸情緒。

我當時就想，王成為什麼會這麼積極？陳升死後，他又一次詢問我們何時平剿海賊，這讓我感覺，他對打海賊有著超乎尋常的熱情，為什麼？王成與海賊之間，好像並沒有什麼仇恨。如果我換一個角度考慮，一開始他宣稱我們打海賊，是要孤立我們，讓我們無法留在海西？」

曹朋說到這裡，笑了。

「他想要把我們趕走。」濮陽闓瞇起眼睛。

王買這時候似乎也聽懂了，「阿福，照這麼說，王成第二次打聽，其實是想要打探虛實。」

「對！」曹朋正色道：「他必須要弄清楚，咱們的目標。」

「友學，你接著說。」

「從現在開始，我做出一個假設。王成知道魚吻銅鎮不在縣衙，但他又擔心咱們在海西坐大，會影響到他挖掘寶藏的計畫，所以他必須要弄明白咱們的想法。同時，他還想確認一下，魚吻銅鎮究竟流落何處。」曹朋說得有些口乾舌燥，端起碗，喝了一口薑湯，潤了潤嗓子。

他在麻紙上畫了一個又一個圓圈，在最後一個圓圈裡，填下了奇巧淫技四個字。

「我剛才一直沒想明白，王成送我那麼多破爛是什麼意思。虎頭哥說了一句話，讓我突然省悟過來。他說這魚吻銅鎮也是奇巧淫技。王成對外宣稱家父是隱墨鉅子，所以我也喜歡這些稀奇古怪的東西，並要求那些商賈搜集家中的事物，送給我把玩……不是我想要，而是他想要！他想要看看，魚吻銅鎮是否藏在商賈們的手裡。但結果……他並不知道，魚吻銅鎮就在我手中。」

「所以，你斷定這個王成，有詐。」

「嗯，差不多就是這個道理。」

「不對不對，王成是王成，麥成是麥成……麥成是麥大夫族人，他留在縣衙，是麥大夫所使。這兩者，似乎沒有聯繫吧？」

曹朋提起筆，在寫著王成名字的圓圈上畫了一道，和寫著麥熊名字的圓圈，連在一起。

濮陽闓的臉色，非常難看，連連搖頭道：「不可能，這不可能！」

「濮陽先生，麥大夫有多久沒有露面了？」

「呃，很久！」

「上次我姐夫去麥家拜訪，麥大夫也沒有出現，對不對？」

「沒錯。」

「按道理說，新任縣令拜訪本地縉紳，即便是身體不適，也會露一面才對。這是個禮數……麥大夫身為太中大夫，焉能不清楚這一點？可偏偏，他有心過問麥成，卻沒有見我姐夫。你難道就不覺得，這裡面多多少少有些不對勁嗎？」

「你是說……」

曹朋靠在書架上，仰頭彷彿自言自語道：「如果麥大夫並不是麥大夫的話，又會怎麼樣？」

濮陽闓激靈靈打了一個寒顫，臉色頓時煞白。

「麥仁難道認不出他老子？」王買反駁。

「可麥仁整天醉生夢死……他似乎對麥成也不感興趣，只不過礙於麥大夫之命前來求情。」

「友學！」

「學生在。」

濮陽闓露出激動之色，在房間裡徘徊不停。「這件事情，你知，我知，虎頭知……暫時不要與別人知曉。待鄧縣令回來後，咱們再商議。」

曹朋點點頭，「我知道。」

他沉吟片刻之後，對濮陽闓道：「不過，我打算從現在開始，監視麥家莊。」

「嗯……小心一點，別被人發現！」濮陽闓此時也被曹朋說動了心思，輕聲道：「麥熊畢竟是太中大夫，麥仁也是孝廉出身。他們在海西頗有地位，若被他們覺察，對咱們不利。」

「我明白。」

「睡吧……」

濮陽闓只拍了拍額頭，顯然是一時間有些無法接受這麼多的訊息。不過，當他拉開房門的時候，卻發現雨已經停了。屋外不知何時起了一層輕霧，朦朦朧朧。

「天要亮了！」

曹朋起身走過去，和濮陽闓並肩站在門廊上。

「先生，天亮之前，亦是最黑暗之時啊。」

濮陽闓看了曹朋一眼，突然一笑，轉身離去。

雖然一夜未睡，但曹朋並沒有感到太疲憊。相反，他很亢奮！

前世的工作經歷，培養出他『大膽假設，小心認證』的習慣。而今的假設，乍聽下似乎匪夷所思，甚至有些荒誕，但種種跡象似乎又標明，這種假設很有可能就是事實。如何認證，是一個問題。

而且留給曹朋的時間已經不多，隨著鄧稷在海西立足，剿滅海賊也迫在眉睫。

天一亮，曹朋就拉著馮超，帶著王買和鄧範，去了北集市。

與海西九大商簽訂了契約之後，如何與海西那些商戶解說，便歸了九大商來解決，曹朋不參與其中。反正到最後，審核准入都必須要經由曹朋，九大商想在裡面做手腳，也不容易。

王買和鄧範被任為曹掾，將出任北集市的管理工作。

一路上，曹朋反覆交代二人注意事項，並提醒二人，不可以小覷了此事。

「執法隊必須要盡快組建。」曹朋叮囑道：「虎頭哥帶來的人，暫時調入其中，先把攤子紮起來。記住，要統一執法隊的服裝，在一開始，盡量不使用兵器。」

「不用兵器用什麼？」鄧範問道：「難不成赤手空拳？」

曹朋說：「我已經命人打造了一些稱手的傢伙，名為執法棍。大概明天就能準備齊全，到時候你們用執法棍就可以了。還有一點，擴充人手不能太快，也不能太慢。總之不能夠引起別人的注意，還要盡快壯大起來……除此之外，你們要和黃整他們多溝通，一定要取得他們的信任。別小看這幫商蠹子，沒有他們幫忙的話，想要在北集市立足並非一件易事。」

王買和鄧範一一記下。

把王買和鄧範送到了北集市，並介紹給黃整。

黃整主營的是金鐵交易，陳升死後，北集市實力最大的莫過於此人。不過黃整不像陳升那樣

第十二章　疑竇重重

驕橫，他為人圓滑，也很低調。他認得王買和鄧範兩人，所以也不需要太費口舌。

這個人，很會做事。他昨天才簽訂了契約，回去後就開始行動起來，並且在北集市專門騰出了一所房舍，供曹掾署使用。

算起來，黃整不吃虧。他吞下了葉倍的米行之後，實力提高不少。

曹朋昨天還透露出一個消息，陳升的產業不日將會賣出。一所房子的事情，能和官府拉近關係，黃整可說是心甘情願。那房子的位置不錯，正處於北集市入口處，一個兩進院落，地方很寬敞，一應家具也很齊全，到時候王買、鄧範帶著人可以直接入住，不費任何周折。

對此，曹朋表示讚賞！

從北集市出來後，霧氣已經完全消散。太陽高懸，照耀海西。

曹朋騎在馬上，突然說：「馮超，咱們上塔樓看看吧。」

「喏！」馮超連忙上前，在前面領路。

曹朋一行人又一次來到海西塔樓，見這塔樓依舊荒涼，不見人影。

「咱們上去。」曹朋下馬，把轡繩遞給一個隨從，而後說道：「你們在下面守著，若有人上來，及時通報。」

「喏！」

曹朋說罷，邁步走進塔樓，馮超緊隨其後。

兩個人誰也沒有說話，默默登上樓頂。馮超心裡有些忐忑，他不清楚眼前這個少年把自己拉到這邊，究竟是什麼用意？

對於曹朋，馮超現在是畏懼多於敬重。在很多人的眼中，曹朋是鄧稷的執行者，是靠著鄧稷才起來的人。但馮超清楚，鄧稷的許多決定是取決於眼前這個少年。別看他年紀小，實際上卻清楚得很，而且狠辣的手段令他為之恐懼……

「馮超！」

「喏！」

「和我說說海西吧。」

馮超一怔，奇怪的問道：「公子想知道什麼？」

「嗯，比如海西的奇聞異事？」曹朋微微一笑，靠著窗戶，向馮超看去，「我最近看海西的志怪傳說，覺得很有意思。所以我想聽聽，海西縣還有什麼稀奇古怪的事情？」

「稀奇古怪？」馮超可犯了難，他不清楚曹朋這葫蘆裡究竟賣的是什麼藥，但又不能不回答。

「要說稀奇古怪，海西還真有不少傳說。」

馮超想了想，「但如果說怪異嘛……哦，卑下倒還真知道一個。那是早些年的事情了，差不多有四、五年吧。有一段時間，經常有人看到荷花池那邊有人投水，可是下去打撈，卻沒有找到屍體。本地人流傳，荷花池似乎是連通冥獄……呵呵，這世上冤魂，只有投入池中，才能夠轉生。家父上任的時候，也聽說過這件事，還帶著我在荷花池那邊打撈一番呢。」

「那打撈出什麼？」

馮超笑了，「除了淤泥還是淤泥……」

「那後來呢？」

「後來就好像淡了。家父上任之後，就沒有人再看到過這種事情，我也沒有看到過。此後這件事情便越發淡了，到現在，很多人可能都忘記了這件事。若非公子詢問，我怕也想不起來。」

一個很有趣的傳說，不是嗎？

曹朋眼睛一瞇，轉過身，向外眺望。「馮超，麥家莊在哪兒？」

「哦，出城南就是麥家莊的田地。」

曹朋沒有發表什麼意見，只是點了點頭，默默轉身，往塔樓下走。

「公子，接下來去哪裡？」

曹朋說：「咱們到荷花池看看吧。」

「荷花池？」馮超說：「這季節荷花池可是沒什麼景致，很冷清。公子如果想賞荷花，倒不如夏天再去。」

「呃，我只是去看看而已。」

曹朋笑著，走下塔樓，跨上了坐騎，而後讓馮超帶路。

馮超這會兒是真迷糊了，也搞不清楚曹朋究竟是什麼意思。不過，曹朋是他的上官，既然曹朋有興趣，他也不可能拒絕。於是馮超也上了馬，和曹朋一路走，向荷花池行去……

時近辜月，也就是十一月。古人說：十一月陰生，欲革故取新。

荷花池水波蕩漾，波光粼粼。不過那水面上的荷葉早已凋零，荷花殘落，只生性孤零零的荷梗立在水中。

不過，馮超說錯了！當曹朋等人來到荷花池的時候，意外的遇到了一個人。

「王先生！」曹朋下馬寒暄，一臉笑意。

那池畔，王成正負手而立。聽到有人呼喊，他轉過身，看到曹朋的時候一怔，旋即堆起一臉笑容。「曹公子！」

他迎上來，拱手行禮道：「曹公子今天怎麼有雅興來這裡？」

「哦，我閒來無事，想起來到海西，還沒有好好的欣賞海西美景，故而讓馮超帶我遊玩。」

「這季節，可是沒什麼景致。」

「是嗎？王先生似乎很喜歡嘛……」

王成一怔，旋即哈哈大笑，「不瞞曹公子，世人愛荷，因其美奐。成獨愛這荷池凋零之景，每每看到，總會有所感悟。公子請看，這滿眼的殘敗，卻是為來年綻放而準備，斯不為美邪？」

「啊……」

和古人咬文嚼字，著實很痛苦。特別是他們的審美情趣、審美觀點千奇百異，曹朋自認對這個時代有所瞭解，但還是有些不能理解。

「王先生的感觀，與眾不同啊！」

「是嗎？」王成呵呵一笑，話鋒突然一轉，「我聽說，公子欲整頓北集市？」

「正是。」

「北里魚龍混雜，想要整治起來，怕不容易啊。」

「正因其魚龍混雜，所以才要整治嘛。」

「沒錯，說得沒錯！」

王成笑得很爽朗，曹朋也笑得很真誠。

兩人在荷花池畔交談了片刻，便拱手分別。不過一轉身，曹朋臉上的笑容就消失了，只看得馮超目瞪口呆。

果然是鄧縣令的智囊啊！這變臉的功夫，估計他這一輩子都學不過來。

「公子……」

「我們回去！」曹朋一擺手，示意馮超不必贅言。他翻身跨坐馬上，心裡面卻產生出一種強烈的不安。

「馮超。」

「喏！」

「回去以後，找個信得過的人，給我在這裡守著。」

馮超一怔，輕聲道：「守什麼？」

「看看有誰會來這裡，欣賞荷花殘敗。」

王成那些話，他一句也不信。坑爹啊！當老子是小孩子嗎？這麼一大老爺們，這麼冷的天，跑來這荷花池？還什麼感悟？感悟你妹！曹朋心裡冷笑一聲，王成會不會是感到了危險？

「對了，我記得王成的田莊，也在城外？」

「呃……沒錯，就在麥家莊旁邊。」

這個王成，肯定有問題！曹朋也說不出一個緣由，但本能的，已經對王成定了性。

在海西轉了一圈，回到縣衙的時候，已經是快到日中。

陽光暖暖的，照在身上感覺非常舒適。曹朋在縣衙門口下馬，讓人把照夜白從側門牽進去。曹朋的照夜白，還有許儀的黑龍，都是單獨飼養。這兩匹馬的脾氣大，性子還傲，和普通馬待在一起，弄不好就會鬧出事故。所以，為安全起見，照夜白就安置在曹朋居住的跨院旁邊，那裡有一個小馬廄，正好可以供照夜白安身。

輕輕揉著臉，曹朋走進了縣衙。

「公子，濮陽先生在等你。」

「我知道了！」曹朋愣了一下，便向衙堂走去。

這個時候，濮陽闓和步騭一般都會在衙堂的公房裡。果然不出曹朋所料，當他進入書齋的時候，濮陽闓正在和步騭說話。看得出，濮陽闓的精神不算太好。但想想似乎也很正常，四、五十歲的老人家，一整夜沒有休息，這一大早起來還要辦公忙碌，精神又怎能好得起來？

不過看到曹朋，濮陽闓卻好像沒事兒人一樣，朝他招了招手。

「友學，來！」

「濮陽先生，子山先生，有事找我？」

濮陽闓點點頭，示意曹朋坐下。

有奴僕端來了一碗水，曹朋坐下來喝了一口氣，然後向濮陽闓和步騭看去。

「剛收到消息……左將軍回來了。」

「哪個左將軍？」

步騭用奇怪的目光看著曹朋。

曹朋猛然省悟，驀地瞪大眼睛，「莫非呂溫侯？」

「正是！」

呂布在八月末九月初，奉許都天子詔令，協助曹操，征伐袁術。一轉眼的工夫，兩個月過去了。袁術已經敗逃淮南，一蹶不振。算算時間，呂布的確是該返回下邳了……

不過，這和我有什麼關係？

步騭嘆了口氣，解釋道：「溫侯領徐州牧，雖非朝廷所任，但實際上卻執掌下邳和廣陵。他此次得勝回師，按照規矩，各地官員需前往下邳道賀。我剛才正和濮陽先生商議這件事，要不要去下邳走一趟。如果去，理應鄧縣令親自前往；偏偏鄧縣令不在，若等他回來再去，只怕會耽擱了時間，到時候反而會被斥責。可如果不去……你也知道，呂布此人，狼虎之性，難以琢磨，萬一開罪了他，對鄧縣令恐怕沒有好處。」

「那就去嘛！」曹朋疑惑的看著兩人，不明白這有什麼為難。

濮陽闓說：「問題在於，誰去？我和子山，都是鄧縣令的屬官，去了的話，身分不足，難免落下話柄。所以去下邳的人，若非鄧縣令，就必須是能代表鄧縣令的人，友學可明白？」

曹朋聽聞，不由得一怔。

「濮陽先生，你的意思是，要我去見呂布？」

章十三 下邳

呂布，一個極具爭議性的人物。

總體而言，後世對他的評價，貶大於褒。一部《三國演義》，更使得呂布得了一個三姓家奴之名。

但在東漢末年，曹朋發現，人們對呂布的評價雖然不高，但也說不上太惡，只說是虎狼之性，不可以輕信之。而三姓家奴的說法……至少曹朋目前，還沒有聽到。

人言呂布，或稱之為世之虓虎，或說他是虎狼之將。

正所謂馬中赤兔，人中呂布。從某種方面，又表示出對呂布的讚賞。

這是一個反覆無常，且有虎狼之性的人，卻能獨鎮一方，甚至被曹操引為心腹大患。在某種程度上，似乎也說明了呂布的能力。曹朋重生前，曾聽到過這樣一個說法：呂布也是個穿越者。他自私，他反覆，他好色，但卻又對女人非常溫柔，活脫脫一個後世的絕世好男人。

他對家庭的重視，遠不是這個時代的人所擁有。

下邳之戰，陳宮建議呂布分兵防禦，卻因為家人的一席勸說，使得呂布不可離開下邳，最終落得慘死。他是個好丈夫，也是個好父親。袁術逼迫他送女兒到壽春成親，呂布背著女兒，在亂軍中反覆衝殺，哪怕是戰到力竭，也不肯將女兒拋棄，帶著女兒回到下邳城。

與某些動輒拋妻棄子的人相比，呂布也許更為女生所愛。

後世談呂布對家人不離不棄的時候，難免會提及劉備四次拋妻棄子，獨自逃命的事情。其中，就有兩次是呂布所為。但呂布對劉備的家眷，可算得上是仁至義盡。

而呂布被俘之後，曹操本希望收留呂布，卻被劉備一句話，丟了性命。隨後，呂布的家眷好像也被曹操、劉備等人瓜分，其中最為有名的，恐怕就是關羽和貂蟬的故事……

貂蟬，同樣也是個深受許多人喜歡的人物。

美女英雄……關羽敬重貂蟬，貂蟬愛慕關羽，英雄配佳人，似乎是一個最為完美的結局。

可是曹朋對這個結局，似乎並不認同。

濮陽闓讓他帶著禮物去下邳拜訪呂布，曹朋是既驚且喜。喜的是，他可以親眼見一見這個傳說中的人物；驚的是，呂布那等人，恐怕也不太好對付吧。

不過不管他是否願意，下邳都是勢在必行。

無論於公於私，曹朋都沒得藉口。呂布拜左將軍，假徐州事。雖說這個假徐州事有點名不正言不順，可無論怎樣，他始終都掌控著徐州。海西是廣陵的屬縣，廣陵是徐州的治下，如今上官得勝凱旋，作為下面的郡縣，都要循禮前去道賀。這是一個誰也無法推脫的事情。

正如濮陽闓所言，鄧稷不在，理應由曹朋代表。

這個資格，濮陽闓和步騭都不具有。曹朋沒有辦法推辭，於是也只好應下了這一件事情……

不過在走之前，曹朋還有一些事情要做。

首先，他要求步騭盡快將陳升的產業脫手，換取足夠的錢糧後，加快海西縣城的修繕速度。而且相應的武器也必須配備完整，畢竟這麼多年來海西縣無人管理，府庫裡的武器早就丟失精光。可笑，曹朋的老爹執掌諸冶監，負責的就是天下兵器，偏偏當曹朋需要之時，卻面臨著許多困難。武器必須要偷偷的準備，不可以明目張膽，更不能被太多人知道，否則很容易打草驚蛇。

其次，曹朋又拜訪了黃整等九大行會的行首。

他再三交代，北集市整治刻不容緩，當務之急就是盡快將曹掾署人員配備整齊。這個人手，曹朋決意由九大行首每家出十人，而這十個人一旦納入曹掾署，與九大行首再也沒有任何關聯。對於這個要求，黃整倒是表現出了足夠的理解，並且答應會在三天之內解決曹掾署的問題。

曹朋為他們勾勒出了一個美好的藍圖，如今他們必須要投桃報李，給予曹朋支持。解決了這兩件事，曹朋又去了一趟陳升的田莊。

總體而言，陳升的田莊還算平靜，數千莊戶也沒有表現出太強烈的抗拒之意。如今辜月馬上到來，種田肯定是不可能。但這麼多人也不能讓他們閒著，閒著就會胡思亂想，閒著就會生出亂子。當晚曹朋又馬不停蹄趕回縣衙，與步騭商議一番之後，決定將這數千莊戶全部投入修繕城牆的工程中。有數千人動工，既不會給海西增加麻煩，也可以讓這些人忙碌起來。同時，藉由修繕城牆，也是縣衙向海西人展現實力和威信的時機。

待一切安排妥當，已經過了子夜。

曹朋躺在榻上，翻來覆去的無法入眠。

明天就要啟程前往下邳，去拜見呂布……呃，一個小小的縣令，恐怕也未必有機會見到呂布。估計是將禮物放在那邊，留個名刺，證明海西縣來過人，也就完事了。

可曹朋又覺得有些不太甘心，他希望能藉此機會，見一見呂布。因為他知道，呂布是見一次，少一次了……

唉，真是矛盾，真是頭疼啊！

曹朋翻了個身，閉上眼睛，不知不覺便進入了夢鄉。

睡夢中，他夢到了自己騎著照夜白，在平原上馳騁。照夜白風馳電掣，他則體會著其中的爽快。忽然間，正前方有一團火，向他衝了過來。馬上的人，身披百花戰袍，罩唐猊寶鎧，胯下一匹赤兔嘶風獸，手持方天畫戟。威風凜凜，殺氣騰騰，輕而易舉攔住了他的去路。

「敢問，可是溫侯呂布？」

馬上的大將，哈哈大笑。

說來很怪，對方明明距離他不遠，偏偏看不清楚長相。

正當曹朋疑惑的時候，那員大將忽然縱馬衝來，手中方天畫戟不知道怎麼就變成了青龍偃月刀。大將也變為一張紅臉，臥蠶眉，丹鳳眼，頷下一部美髯。

「曹賊，休走……關羽在此！」

說時遲，那時快，關羽揮刀劈向了曹朋。

也不知為什麼，當青龍偃月刀向自己劈來的一剎那，曹朋的身子好像動彈不得一樣，眼睜睜的看著那明晃晃的鋼刀，越來越近！

「啊！」曹朋大叫一聲，翻身坐起。

屋中，燭火搖曳，光線昏暗。火盆子裡的炭火仍熊熊燃燒，房間裡溫暖如春。

額頭，冷汗淋漓。衣服被汗水濕透……

曹朋只覺得口乾舌燥，跌跌撞撞從床榻上下來，端起一碗白開水，咕咚咕咚的乾了一大碗。

呼……真他娘的詭異，這好端端，怎麼會做這麼一個怪夢？

曹朋擦去額頭上細密的汗珠子，深吸一口氣，努力讓自己平靜下來。

日有所思，夜有所夢。難道說，這個夢是在提醒自己，此次去下邳，並沒有想像中的那麼輕鬆嗎？曹朋前世是個無神論者，可現在，他不敢確定了。連重生這種詭異的事情都能發生，這世上還有什麼不可能？看起來，自己得小心一點才是！

曹朋這一夜都沒有睡好。

每當他閉上眼睛，就會夢到關雲長張牙舞爪，掄著青龍偃月刀向他撲來……以至於天亮後，曹朋頂著一對黑眼圈起床，精神也顯得有些萎靡不振，同時耳鳴的厲害，腦袋瓜子嗡嗡直響。

「阿福，你是不是不舒服？」王買看著曹朋一副憔悴的模樣，忍不住問道。

「我沒事，只是昨晚沒睡好。」曹朋擺了擺手，拉著王買說：「虎頭哥，我這一去下邳，可能得幾天時間。你在這邊多盯著些，順便多留意一下王成。北集市那邊你操點心，等人到齊了，要盡快收為己用。我少則三、五日，多則七、八日，一定會回來。」

「你放心吧，北集市那邊的事情，我和五哥會留意。」

「嗯……」曹朋點點頭，沒有再贅言囉唆。他很瞭解王買，人雖直一些，但並不笨。事情交給他，他一定會想方設法的完成，所以曹朋倒也不是特別擔心。

洗漱一番之後，精神好轉許多。曹朋換了一身衣服，從馬廄裡牽出照夜白，走到縣衙門外。

馬車已經備好，裡面是給呂布的賀禮。

這些賀禮，大都是從陳升府中抄沒而來的物品，濮陽闓和步騭精心挑選了一番之後，選出了這一車賀禮。曹朋也只是粗略的看了一下，無非一些金銀絹帛，倒也不會顯得非常寒酸。

「二哥、三哥，咱們起程吧。」

本來曹朋是打算一個人過去，可典滿、許儀聽說之後，非要一同前往。

這兩人都是那種好勇鬥狠的人，典韋曾與呂布交過手，回家後在典滿跟前稱讚過一番；而許儀呢，更是久聞虓虎之名未得一見。這次有機會到下邳，他二人很想看一看呂布的風采。

說起來，他二人的心思，和曹朋倒也有些相似。

典滿和許議各帶著十名扈從，加上奴僕車夫，共三十餘人，從海西城北門口緩緩離去。

在出城的時候，曹朋還遇到了王成。他在馬上朝王成微微一笑，點了點頭，算是和王成打過招呼。而王成則朝著曹朋一拱手，同樣是笑容滿面……

建安二年十月，呂布助曹操共擊袁術，凱旋而歸。

時，楊奉、韓暹協助呂布擊敗袁術後，留駐下邳。因徐州揚州戰亂不斷，楊奉等軍糧不繼，於是生出篡奪徐州之心。二人與劉備相約，意圖趁呂布回軍之時，共擊呂布，將徐州吞併。

然則劉備卻把楊奉約至軍中，並趁機殺死楊奉，將其兵馬占為己有。

韓暹見楊奉一死，便帶著十餘騎逃奔並州，卻在途中為部曲所殺！楊奉和韓暹，遂告覆滅。

章十四 照夜白

王買靜靜的坐在房間裡，恍若老僧入定。

「虎頭，咱們走吧。」

鄧範在門外招呼，王買這才睜開眼，緩緩起身。他走到銅鏡前，明亮的銅鏡中映出一個青澀的少年形象。上身是一件白色復襦，下裳著合襠褲，外罩黑綢緞子大袍，腰中繫一根大帶。足下，一雙半高的黑履，和靴子的形狀相似。

這是曹掾署執法隊的專用服裝。以面料進行區分，王買和鄧範兩個曹掾都是黑綢緞子面料的大袍，餘者全都是普通布料。反正是從陳升的家產裡抄沒，不用白不用，用了也不心疼。

王買朝著鏡子裡的自己，鼓了鼓勁兒，轉身向門外走去。在門口的架子上，他順手抄起一根長約八十公分的柘木手棍。那根木棍，也經過精心的雕琢。柘木堅韌，而且硬度很高，約二十公分的手柄，非常稱手。棍子通體塗有黑漆，並且經過細心打磨，所以是澄光瓦亮。

這就是曹朋所說的執法棍。

走出門，就見院子裡有三十名壯漢，一個個挺胸疊肚，威風凜凜。他們和王買的衣著服飾差不多，所不同的就是面料的差別。

看見王買出來，三十個大漢拱手道：「見過王曹掾。」

「今天，是咱們第一次巡邏集市。」王買深吸一口氣，沉聲道：「大家都給我打起精神。我知道，你們此前大都是莊戶，可是從現在開始，你們必須要明白，你們現在是朝廷的人，所以一舉一動，都必須要顧及朝廷的臉面，顧及到縣令的臉面，顧及到兵曹大人的臉面。該交代的事情，我都已經交代清楚。哪個敢徇私枉法，或者縱容惡人，那就是給兵曹大人臉上抹黑，給朝廷抹黑。到時候，可別怪我不講情面，心狠手辣。」

王買聲音陡然變得嚴厲，一干大漢聽聞忙躬身應命：「我等牢記王曹掾、鄧曹掾教誨。」

王買和鄧範相視一眼，點了點頭，將三十個壯漢分成兩隊，兩人各帶一隊，走進北集市。

從這一刻起，他將要獨擋一面！

這也是曹朋的真正意圖。別看鄧稷手下現在有不少人，可實際上真正和他們一條心的，只有王買、鄧範兩個。

以前，王買和鄧範沒機會做事。即便是做了，也有曹朋在後面撐著，所以他們只需要執行。可現在，曹朋說了：「這北集市，就交給你們。」

曹掾署開設第一天，除了王買帶來的人之外，黃整送來二十人，潘勇送來了十個人。其他人還沒有行動，究竟是什麼用意，還不是很清楚。但即便只有四十人，他們也必須撐起場子。

這是他們邁出的第一步，不管成功與否，對王買和鄧範來說，都格外重要。

海西的氣候變幻無常，清晨天空還晴朗，可快到午時，陡然下起了小雨。集市上的人挺多，或是買賣物品，進行交易；或是東遊西逛，看有沒有合適的事情去做。這小小的集市，儼然就是一個小社會，什麼人都有，什麼事都可能發生……行走期間，令人是大開眼界。

不少人用奇怪的目光看著王買等人，他們也聽說了北集市即將整頓，但目前尚未形成統一意見。雖說九大商已經和縣衙達成了協議，可要是具體執行，還需要費一番手腳。誰願意好端端的被趕出集市？誰願意無緣無故交納一筆什麼管理費用？誰願意不明不白的被約束起來？

北集市自由慣了！一旦要整頓，困難重重。

王買沿著一條街坊行走，不時觀察動靜。忽然，街坊拐角處，傳來一陣喧譁吵鬧的聲音，緊跟著很多人開始閃躲，似乎有事情發生。王買帶著人，連忙過去。原來在街坊的拐角處有一家布莊，布莊的掌櫃進了一批貨物，正準備往裡面卸貨，哪知道來了一幫子閒漢，攔住了布莊掌櫃。

「掌櫃的，你這可不太合規矩。」為首的閒漢嘴裡叼著一根枯草根，一臉猙獰之相。

「羅分，怎麼不合規矩了？」

「這一條街所有的貨物都是咱爺們包了。你卸貨不找我們，不是讓我這幫兄弟沒飯吃嗎？」

羅夯，就是那閒漢的首領。

布莊掌櫃一蹙眉，「你包了這條街？我怎麼不知道？」

「老子做事，難道還要通知你嗎？」羅夯環眼一瞪，開口就罵道。他指著那布莊掌櫃道：

「給你兩條路，一個是把這活計交給我們，我們幫你卸貨。」

「你們卸貨，要多少？」

「不多，一成貨物。」

也就是說，布莊掌櫃這一車布匹如果價值十貫，就要給羅夯一貫。

布莊掌櫃一聽，這臉就拉下來了，「那第二條路呢？」

「很簡單，你讓他們卸貨，可這工錢還要和我們結算。呵呵，老規矩，一成！」

羅夯這意思很清楚：我們幹不幹活不要緊，這一成的工錢，你都得給我。

布莊掌櫃的臉色，陰沉似水。他有心發作，可是看羅夯背後那幾十個閒漢虎視眈眈，又有些發怵，於是強做出笑臉，「羅夯，大家鄉里鄉親，給個面子，別鬧了好不好……不如這樣，這裡是一百錢，請大家吃酒。」

「打發叫花子呢！」羅夯立刻發作，手指著那些正準備卸貨的腳力，「都作死不成？還在這裡……都給我滾！」

「慢著！」就在這時候，王買帶著人過來了。「你，叫什麼名字？」

「你是誰？」羅夯一臉張狂的看著王買。

「本官新任北集市曹掾署曹掾，你叫什麼名字？」

「曹掾署？」羅夯哈哈大笑，「老子沒聽說過。老子叫什麼名字，你自己去打聽……拿著根棒子嚇唬誰？告訴你，老子在這北集市裡做事，還沒人敢來管我。莫說什麼曹掾署，就算縣令來了，又能如何？老子帶著兄弟找飯吃，誰敢擋咱的活路，老子就和誰拚命……」

羅夯也是北集市有名的閒漢，手裡有幾十號人，算是一霸。不過他這一霸，和當初陳升的

『霸』又不一樣。陳升雖霸，但至少還會維護北集市的穩定。

羅夯這些人，就純粹是一幫地痞而已。陳升在的時候，沒有理他；陳升死了，羅夯這些人就抖起來。那些大商家他們不敢招惹，可是小商戶卻備受其害。

曹掾署雖然已經設立，但也並不能讓羅夯害怕。他覺得自己做的沒有錯，曹掾署若是敢惹他，他才不會畏懼。也難怪，鄧稷雖剷除了陳升，但在海西的時間畢竟不長，海西的混亂無序由來已久，絕不是一時半會兒就能夠解決乾淨。

羅夯梗著脖子大呼小叫，卻沒有發現王買的臉色已經變了。

「縣令也不能不讓我們……」

羅夯話未說完，王買猛然舉起手中的執法棍，劈頭就是一擊。他和曹朋習武也有一年了，底子又厚，和一年前相比，已經是截然兩人。兒臂粗細的執法棍狠狠劈在羅夯的頭上，濃稠的鮮血瞬間順著羅夯的臉頰流淌下來。那羅夯被王買這蠻橫的一棍子打懵了，甚至忘記了疼痛。

「海發一號令，北集市不日整頓，所有擾亂集市秩序者，曹掾署可自行處置。凡口出不遜、聚眾鬧事、強買強賣、驕橫跋扈者，依大杜律可處以極刑……你，叫什麼名字？」

「你敢打我？」羅夯也是橫慣了，伸手抹一下臉，滿手的鮮血。「兄弟們，給我動手！」

「膽敢與曹掾署對抗者，嚴懲不貸。」王買聲音冷酷，那執法棍上沾著黏稠的鮮血，看上去是格外駭人。

「教訓這幫黑皮子！」一幫閒漢大聲吼叫，紛紛拔出兵器。

海西的治安混亂，私人持有武器，也是極為正常的事情。

王買一見，非但不懼，反而笑了。「給我打！」他二話不說，掄起執法棍就衝了過去。

別看他那支執法棍是木頭做的，柘木的堅韌打在人身上，可以瞬間致人殘疾，而閒漢們的兵器並不能給執法棍造成什麼麻煩。十五個曹掾吏隨著王買衝過去，探手抓過來一個，一棍子下去，不是骨斷筋折，就是皮開肉綻。

報到的第一天，執法隊成員就已經得到了教訓：任何敢在北集市和曹掾署吏員動手的人，不管他們什麼來頭，總之就是暴力抗法……

什麼是暴力抗法？那就是對抗官府，形同造反。所以這幫曹掾吏下手根本不會留情。

他們原本在九大商家裡時，就充當看家護院的責任，動手打架，可不是一幫子閒漢可以比擬。更何況，他們還有一個頭兒！王買的凶狠，讓人心驚肉跳，出手絕不留情，一棍子下去，對方休想再站起來。這時候，王買早先所練的天罡步，可就顯出了效果。對方雖然人多，可是卻無法傷到他分毫，反被王買打得是人仰馬翻。

閒漢們見勢不妙，扭頭就想走。可等他們想跑的時候，卻發現周圍已被鄧範帶人包圍住。

「抱頭，全部蹲下！」鄧範上前一棍子劈下，把一個閒漢打得頭破血流，滿臉是血。

身為一個資深閒漢，想當初鄧範也是天天在街頭鬥毆。論狠辣，他出手絲毫不比王買要差。

「還動！」

羅夯捂著頭想要叫喊，卻被兩個曹掾吏一把揪住。不等他開口，鄧範上前一棍子拍在了羅夯的嘴上。這一棍子下去，只打得羅夯牙齒橫飛，滿嘴的血沫子。

「還有話嗎？」鄧範黑著臉，猙獰問道。

這兩個人，分明是照死裡整啊！他們明顯不怕打死人，甚至有可能就存著要人命的心思。橫的怕愣的，愣的怕不要命的！王買和鄧範此刻在羅夯的眼中，就是那種不要命的凶漢。

腦袋搖得好像撥浪鼓，羅夯哪裡還敢有半分怨言。

「你！」王買一指布莊掌櫃。

那掌櫃嚇得腿肚子打顫，臉發白：「大、大大大人！」

「我不是大人，我是北集市曹掾署曹掾，記住以後叫我王曹掾。」

「曹曹曹掾大人……」

「該幹什麼就幹什麼去，趕快把貨都卸了，不要堵塞通路。一個時辰如果還沒清理乾淨，休怪我對你處以責罰。」

「是、是、是，小人這就卸貨！」布莊掌櫃說著話，還掏出一貫錢，奉給了王買。

王買一蹙眉，厲聲道：「你想賄賂我嗎？」

「不、不、不是……是給兄弟們的辛苦錢。」

王買聽聞，臉色緩和，把執法棍收好，淡然道：「我們的辛苦錢，自有縣令發放，無須你來操心。好好做你的生意，別被我知道你亂來……否則的話，下次我找到你，可沒有好事。」

「是是是……」布莊掌櫃吃驚不小，同時又感到奇怪。他發現，這幫子曹掾署的曹掾吏，似乎與從前的官府差役有些不同。

另一邊鄧範已命人將繩索套在那些閒漢的身上，往曹掾署行去。「虎頭，我先帶他們去曹掾署，你繼續巡查。」

王買答應一聲，帶著人轉身離去。

空蕩蕩的街坊上，在一行人離去之後，呼啦啦湧出了許多人。

「羊掌櫃，你什麼時候和官府扯上關係啦？」

「屁話，老子要是和官府有關係，剛才能被嚇成那副樣子……你們，趕快卸貨！娘的，一個時辰若不能卸完貨，我會被你們害死。」他衝著那幫子腳力吼完，又看了看遠去的王買等人。

「諸公，我突然覺得，這北集市若能有人治理一下，倒也是一件好事。」

與此同時，王買昂首走在街坊上。他可以清楚的感受到，那些停留在他們身上的目光，似乎有些不同了……

下邳，是徐州治所所在。準確的說，下邳不是一個郡，而是一個藩國。

永平十五年，漢明帝劉莊封六子劉衍為下邳王，治下邳，領十七縣。此後一百一十四年，下邳國共歷四代君王，至公元一八五年，也就是中平二年絕嗣。不過自中平二年以後，漢室衰頹，對藩王諸侯的束縛力越來越小。而後又歷經諸多事宜，下邳國便沒有進行改制，延續藩國之號。

下邳國國都，治下邳縣，南臨泗水、沂水。武水北來，繞城與泗水交會，有著極其便利的水運之利，同時又易於灌溉漁獵，土壤肥沃，物產極其豐富。

興平二年，下邳相笮融曾督使廣陵、下邳和彭城三地糧運，聚集了大筆財貨。

於是，笮融興建浮屠寺，使人誦讀佛經，名為浴佛日。每逢浴佛，有好佛者五千餘戶來到下邳禮佛，沿途數十里設下飯食，供人免費食用。所耗費的錢帛數以億計，可見當時盛況。

也正因此，呂布、劉備和曹操都意圖占領下邳。

不僅僅是因為下邳錢糧廣盛，更重要的是這裡督淮北要地，意義非常重大。不過，自興平二年至今，短短數年間，下邳已不復當年盛況。先有曹操戰陶謙，後有劉備戰呂布。昔日富庶、錢糧廣盛的徐州，如今竟變得糧草緊缺，時常有暴亂發生。

呂布打仗是一把好手，可說起治理地方，就完全是個門外漢。手下的首席謀士陳宮，也是精於策略而疏於內政的人。如果不是有陳珪兼領下邳縣，勉力維持的話，下邳早已破敗不堪。

曹朋一行人，日夜兼程，披星戴月，抵達下邳城外。

這並不是他第一次來下邳。此前曹朋隨鄧稷前往海西赴任，也曾路過下邳郡。不過當時由於呂布督軍南下征伐袁術，所以下邳四門警戒，守衛森嚴。鄧稷那時候也不想招惹是非，於是便繞城而過，順手還在下邳城外的集鎮上買了十幾個家奴隨行。故而曹朋只是過門不入。

而這一次，下邳的守衛明顯鬆懈了許多。隨著呂布凱旋而歸，早先的警備自然也不再需要。四門洞開，雖有門卒守衛，但是盤查的並不嚴密，很多時候都是睜一隻眼閉一隻眼的放行。

這就是下邳嗎?看著下邳雄威的城牆，曹朋暗自感慨。

「二哥，若你揮兵攻打下邳，當如何破城?」曹朋突然來了興趣，和典滿、許儀並轡而行，低聲問道。

許儀和典滿一怔，看了一眼下邳城牆，不約而同道：「這有何難，與我一部人馬，我必可先登破城。」

意思就是說，我強攻上去。這也很符合兩人的性格，曹朋聽聞，忍不住笑了。

「阿福，你笑什麼?」

「如此堅城，若強攻的話……且不說能不能破城，就算破城，也必然損兵折將傷亡慘重。」

「切!」典滿一擺手，脫口就是一句很時髦的切口。

跟什麼人，學什麼話。許儀、典滿兩人和曹朋待了這麼久，別的沒有學會，曹朋的一些口頭禪倒是學得有模有樣。

「打仗嘛，哪有不死人?」典滿對曹朋的話，一副渾不在意的樣子。

曹朋不由得笑了，低聲道：「為將者，當需知天時地利人和，才可以興兵。似你那樣強攻，給你多少人，也不夠你用……你要知道，身為大將，是國家之輔。兵法說，輔周則國必強，輔隙則國必弱。為將之道，只可以進方進，知可以退方退……似你一味用強，非國之福。」
典滿和許儀，面面相覷。「那你說，怎麼打？」
「嘿嘿，都說了嘛，要知道天時地利人和……想想下邳周圍的環境，你就知道怎麼打了。」
曹朋故作神秘，嘿嘿笑了起來。而典滿和許儀兩人，則依舊是一頭霧水……

下邳，城有三重。其中大城周長十二里半，也是江淮地區最大的一座城市。
來到下邳，就不得不談一下羅大糊弄。《三國演義》裡把徐州和下邳一分為二，以至於曹朋最初還以為，徐州治下真有一座城市名叫徐州，就位於下邳旁邊。君不見，劉備守徐州、關公駐下邳的段落時常出現。那時候曹朋還有點迷茫：劉備好端端的不把老婆孩子留在身邊，幹嘛要扔到下邳呢？如今他明白了，羅大糊弄的地理知識似乎不是特別的準確……
曹朋是從南門進入下邳城。騎在馬上，他還有些好奇的四處打量，想要尋找一下那傳說中的白門樓。不過，灰黑色的城牆卻讓他最終失望！
時值寒冬，氣溫正低。但由於呂布凱旋返回，下邳、廣陵等地的官員紛紛或親自前來，或派人前來下邳祝賀。曹朋一行人並沒有費什麼勁兒，便進了下邳城。

只是進城之後，曹朋也有些不知所措。

下邳縣作為徐州治所所在，同時也是下邳治所、下邳國的都城，其規模之大，甚至盛於許都。寬敞的街道，林立的店鋪和商戶，曹朋懵了！他也不清楚下一步究竟該怎麼做才好。

也是濮陽闓和步騭的疏忽，兩人都以為曹朋應該懂得這裡面的規矩。

「二哥，咱們先去哪兒？」

許儀同樣是兩眼一抹黑，看著熙熙攘攘的街道，好半天才回答：「要不，咱們先去吃飯？」

已經快正午，眾人趕了一路，腹中也有些飢餓。曹朋想了想，覺得許儀這個建議不錯，於是一行人趕著車往城裡走，一邊走還一邊向兩側張望。

「前面車馬，停下！」轉過一條街後，忽聽身後有人呼喝。

曹朋勒馬，扭頭向身後看去，卻見一隊騎軍耀武揚威衝了過來。

那支騎軍大約有三、四十人，為首的是三員騎將。正當中一人跳下馬，身高一八〇左右，帶著些胡人血統的樣子；在他兩邊，一個瘦高個，一個略顯矮胖。其中那瘦高個，曹朋覺得有些面熟，可是又想不起來在哪裡見過。這三個人帶著騎隊衝過來，攔住了曹朋的車馬去路。

「爾等，什麼人？」正中央的那員騎將，厲聲喝道。言辭間，很沒有禮貌，就好像上官呵斥下屬一般。

許儀聽聞勃然大怒，縱馬就要上前爭吵。

曹朋一蹙眉，一把拽住了許儀，上上下下打量對方，而後溫言回答：「下官海西縣兵曹，聞左將軍德勝凱旋，故前來道賀。三位將軍不知有何事情？攔住我等的去路，又是何故呢？」

他看得出，這三個人的身分應該不尋常。若是在海西的話，曹朋倒也不懼，不過這裡是下邳城，並不是他的地盤，他也不想在下邳招惹是非，所以話語間也非常客氣。

「海西？」中間的騎將一臉茫然，扭頭問身邊人。

「海西是廣陵治下，但已許久沒有委派官員……哦，我想起來了，此前好像有一道詔令，委任一個姓鄧的傢伙出任海西令。」矮胖男子露出輕蔑之色，上下打量了一下曹朋等人，「人常道曹公了得，依我看也不過如此。他難道身邊無人了嗎？竟派了一群娃娃來赴任。」

「海西令好大的架子，居然派了個小娃娃過來。」中間的騎將冷笑一聲，似乎對曹朋等人全然不放在眼裡。

瘦高個突然道：「子良何須和這等人囉唆？趕快辦正事，咱們還有事情要去做呢。」

子良，就是中間那個騎將。

他點頭，森然道：「小娃娃，某家乃溫侯帳下騎都尉侯成，現征辟爾等坐騎，立刻下馬。」

曹朋這時候才聽明白，原來這幾個人是看中了自己的坐騎。

他的照夜白、許儀的黑龍，還有典滿的坐騎，可都不是什麼等閒的戰馬。照夜白和黑龍就不用說了，西域龍馬，千金難求；即便是典滿那匹馬也不同凡響，那可是正經的大宛良駒。

許儀再也忍耐不住，破口大罵：「爾等狗賊，也敢搶馬？」

「混帳東西！本將軍要你的馬是給你面子。曉事的趕快下來，否則別怪我對你們不客氣。」

慢著、慢著！侯成……呂布八健將之一。

曹朋終於想起來這侯成是什麼來頭。剛才那瘦高個叫他子良，曹朋還沒有留意，但說到侯成這個名字，他就反應過來了。《三國演義》中，好像就是這廝最後反了呂布吧……

侯成也是剛返回下邳，屁股還沒坐熱，就受命出去辦事，心裡有些不痛快。於是他叫上了好友宋憲和魏續，準備一同前往，沒成想還沒出城，恰好看到曹朋一行人過去。侯成是呂布手下的騎都尉，生性好馬，所以他一眼看出曹朋三人的坐騎非比尋常，還以為對方是哪個世家子弟。

偏偏魏續覺得曹朋有些眼熟……

早先，他和陳登一同去許都拜見曹操，想要為呂布求徐州牧之職，在毓秀樓上曾和曹朋、曹真打過照面，甚至差點引發衝突。當時是陳登把他攔住，所以才沒有惹下是非。但是，魏續卻記住了曹朋的長相。特別是後來呂布求徐州牧不成，反而平白成全了陳登一個廣陵太守的職務。回到下邳之後，魏續還被呂布臭罵了一頓。因此看到曹朋，魏續立刻心生一股怨念。

當然了，魏續不會告訴侯成關於曹朋的身分，只是鼓動他前去攔截。

侯成也是個橫貨，一聽曹朋只是海西兵曹，再也沒有任何顧及。

雙方這一爭執，立刻引發了周圍人的關注。從街角的一座酒樓窗戶裡，探出一張俊秀面孔。

一個少年將軍探頭出來，秀眉一蹙，「怎麼這麼吵鬧？」

在他旁邊，是一個年紀大約在十八、九歲丫鬟模樣的女孩兒。她朝著樓下看了一眼，輕聲道：「小……將軍，好像是侯將軍他們在欺負人呢。」她被少年將軍杏眼一瞪，立刻變了稱呼。

少年將軍瑤鼻一擰，「侯成他們實在是太過分了……不行，我要教訓他們。」

「小……將軍，你可千萬別惹事。你別忘了，你可是偷偷溜出來的。如果被夫人們知道你私自出來，你以後可別想再出來了。」

「祈兒姐姐！」少年將軍露出嬌憨模樣。

那丫鬟臉一崩，搖螓首道：「我才不管這些事情。小夫人只是要我照顧好你。」

「妳……」少年將軍一頓足，「那我就下去。」

「你若是下去，以後別讓我陪你出門。」那丫鬟的口吻可是一點都不客氣。

少年將軍貝齒輕咬紅唇，氣呼呼的看著丫鬟，卻又好像對她是一點辦法都沒有。

而在此時，樓下又出了事故。

侯成橫，可許儀和典滿哪一個不橫？許儀破口大罵，惹得四周議論紛紛。

侯成頓時惱羞成怒……在下邳，他只被一個人罵過，那就是呂布。

原以為輕而易舉就能把那三匹馬拿下，沒想到這幾個小傢伙居然這麼不識抬舉！

侯爺要你們的東西，是給你們面子。既然你們想找死，就別怪侯爺不客氣，以大欺小了。

「小娃娃，恁猖狂……來來來，今天侯爺就代你家大人，好好教訓你們。」說著話，侯成抄起一桿長矛，躍馬衝出。

曹朋本想要阻攔，可沒等他行動，許儀就衝了過去。掌中一口九尺大刀，重達四十餘斤，他這口刀，和普通的大刀不一樣，刀柄長約有兩尺，刀身足有七尺，而且比普通的大刀要寬、要厚……刀口上的刀紋閃閃，刀光四射，寒氣逼人。許儀雙手握刀，韁繩就掛在胳膊上。黑龍似感受到了主人的戰意，頓時興奮的希聿聿長嘶，撒蹄衝出。

一看許儀用雙手握刀，侯成反而樂了！這騎戰中，怎可能用雙手握刀？若是用雙手握刀，如何控制馬匹，如何守住力量，如何能坐穩？他大吼一聲，長矛分心便刺！

哪知許儀也不躲閃，掄刀就砍。只聽鐺一聲巨響，刀矛交擊，許儀在馬上紋絲不動。

而侯成卻感到一股巨力從刀上湧來，險些讓他的長矛撒手。

這娃娃好大的力氣！侯成臉通紅，心中更怒。如果說，剛才他只是想教訓一下許儀，那麼現在，他心中殺機已生出。撥轉馬頭，長矛翻飛，槍影幢幢。

而許儀卻是初生牛犢不怕虎，眼看侯成殺來，他心裡更多的卻是一種興奮。兩腳一磕馬腹，許儀口中一聲虎吼，掄刀就上。大刀化作重重刀雲，和侯成打在一處。

說起來，侯成也就是個二流武將，許儀雖然年紀比他小，但說起天賦，卻比侯成強悍許多。加之他已進入易筋的水準，力量隨著功力日深，也越發強橫起來，一口大刀掄開，儼然有許褚的幾分架式。他口中虎吼連連，和侯成打在一處，刀來槍往，一時間竟然是不分伯仲……

魏續一開始也認為，以侯成的本事，曹朋等人手到擒來，哪知這一交手，卻發現侯成竟然拿許儀不下。街上的圍觀者越來越多，對魏續三人更指指點點。魏續臉上有點掛不住了！

侯子良啊侯子良，虧你還號稱八健將，居然連個小娃娃都收拾不得。

他一咬牙，摘下大刀，縱馬衝出，「子良，我來助你！」

長街上，頓時一片譁然。在酒樓上觀戰的少年將軍更是連連頓足，「魏叔叔好不要面皮，以大欺小也就罷了，竟以多欺少。」

旁邊的丫鬟看了他一眼，但沒有任何表示。

典滿見魏續上來，又怎可一旁袖手？別看他和許儀天天吵來吵去，遇到事情的時候，他可是一點都不猶豫。

「狗賊，以多欺少嗎？你家典爺在此！」說話間，他拔出雙戟，催馬攔住了魏續。

雙鐵戟十字交叉，閃身躲過魏續的大刀。一支鐵戟猛然脫手，兩支鐵戟的小戟相扣，呼的就砸出去，嚇得魏續大叫一聲，連忙伏在馬身上，堪堪躲過。二馬錯身，典滿收回鐵戟，咧嘴嘿嘿一笑，「狗賊，來來來，讓你家典爺見識一下，你有多少斤兩……」雙鐵戟擺開，催馬就上。

魏續這時候也只能打起十二分的精神，和典滿戰在一處。

宋憲看得是目瞪口呆。魏續和侯成的武藝可都不算差啊，居然被兩個小娃娃攔住，還不分上下？他眼珠子一轉，就看到了曹朋。相比典滿和許儀那人高馬大、五大三粗的雄壯，曹朋就顯得很瘦弱。

先把這小子拿下再說！宋憲想到這裡，躍馬擰槍衝出。

曹朋一手攏著韁繩一手扶著刀柄，正在觀戰。忽聽樓上傳來一聲嬌呼：「喂，小心啊！」

曹朋扭頭看去，就見宋憲張牙舞爪向他撲來。曹朋一蹙眉，也知今天的事情恐怕無法善了。八健將又能如何？老子還是小八義呢……

他也顧不得向酒樓上看，催馬迎著宋憲就衝了過去。雙腳扣在馬鐙裡，身體微微下沉，呈弓形，貼在馬背上。一隻手攏著韁繩，一隻手扶在刀柄上，眼見和宋憲越來越近，越來越近……曹朋卻遲遲沒有拔出刀來。

酒樓上的少年將軍小手握成了拳頭，不由自主的站起來，緊貼著窗口，貝齒咬著櫻唇，不停的嘀咕：「怎麼還不拔刀，怎麼還不拔刀……」

就在這時，曹朋和宋憲就快要照頭了。

宋憲心道：這小子莫不是嚇傻了吧？嘿嘿，也好，平白送我一匹好馬。

他心裡想著，手中長槍作勢一擰，一聲暴吼，就要把曹朋刺死在馬上。可就在他那聲大吼才喊出一半的時候，照夜白陡然間一個加速，呼的衝出了一個馬頭的距離。

別小看這一個馬頭的距離，在戰場上，往往可以決定雙方的生死。照夜白加速，不僅僅是讓宋憲的坐騎亂了頻率，就連他出槍的節奏也一下子被打斷了。就在宋憲這一愣神的工夫，曹朋在馬上長身而起，大刀呼的拔出，快如閃電一般。

曹朋的這口大刀，用得頗有些古怪。他不像許儀那種大開大闔的刀勢，也不同於那種輕靈刀法，他劈斬的距離都不是很長、很大，但刀速卻非常快，非常凌厲。在許多人劈出一刀的時間，他往往可能劈斬出十幾刀來。

叮叮叮……刀口撞擊槍桿的聲音，猶如雨打芭蕉，似乎很清脆，也沒有用什麼力道。可是當曹朋和宋憲錯馬而過，撥轉馬頭之後，人們卻意外的發現，宋憲的臉色通紅……

那可不是一種正常的紅，而是近乎於病態的嫣紅。

宋憲感覺著曹朋這一刀之中，竟包含了無數種詭異的力道，或是直來直去，或是縱橫交錯，或快或慢，或猶若無力，又好像是重逾千斤。他拚命穩住坐騎，雙臂幾乎失去了知覺。抬起頭，向曹朋看去。曹朋好像和剛才沒什麼變化，只是臉色略有些發白。

這小子，好怪異！但在這種情況之下，宋憲又沒有退路。

另外兩邊，許儀和侯成打得難解難分；典滿和魏續搏殺，卻隱隱占居了上風，壓著魏續打，打得魏續已有些招架不住。

「混蛋，還看熱鬧？還不給我上！」宋憲大吼。不過他吼的，卻是侯成身後的那幫隨從。

隨從們這才如夢方醒，吼叫著撲向了曹朋。不過，沒等曹朋動手，典滿和許儀的扈從也忍耐不住了，呼啦啦一起湧出，一下子將侯成的那些扈從攔住。雙方兵對兵、將對將打在一處，一時間這長街之上，變得混亂不堪。人喊馬嘶聲，兵器叫名聲混在一處，亂成一團。

酒樓上，少年將軍激動不已，不停的揮舞著小拳頭，「打、打、打……」那架式，恨不得自己也參與其中。但他也知道不太可能，因為一旁的丫鬟正警惕的看著他……

曹朋一見這狀況，也知道今天善了不得。既然打了，那就打吧！

「這位將軍，何故停而不前？剛才交手我可受益不淺，不如讓我再領教一下你的高招吧。」

曹朋看出了宋憲的心思，這傢伙是想要打亂戰。打亂戰就打亂戰，反正我只要盯著你就成。

兩撥人在中間交手，曹朋和宋憲則位在兩撥人外圍。

二人相視一眼，同時躍馬飛出，闖進了人群之中。一個侯成的扈從攔住曹朋，想要抓住他的腿，把他從馬上拽下來。哪知道曹朋微微一側身，抬起腳，一腳就踹在了那扈從的臉上。

那腳上可扣著馬鐙呢！只一下子，就踹得對方滿臉是血。

照夜白好像發了瘋一樣，在人群中連踢帶踹，眨眼間就到了宋憲跟前。曹朋掄刀就砍，宋憲舉槍相迎。兩個人在馬上刀來槍往，一眨眼就打了十幾個回合。

論氣力，宋憲大過曹朋；論經驗，宋憲多過曹朋；論兵器，宋憲長過曹朋……

總之，不管從哪一個角度看，曹朋都不是宋憲的對手。

可偏偏，宋憲被曹朋打得非常難受。曹朋人馬合一，儼然比長年生活在馬背上的匈奴人還厲害。那匹該死的照夜白，好像有靈性一樣，在交手的過程中不斷變化速度，忽而快，忽而慢，忽而急停，忽而加速。就是在這種不斷變化的速度中，宋憲完全迷失了他的優勢，每每交鋒，都被曹朋死死的克制住。

而且曹朋的那口大刀上，似乎有一種奇怪的力道。

那不是單純的力量，而是一種勁！一種宋憲也弄不明白，究竟是怎樣產生出來的勁力。短距離的爆發，加上大刀之上變幻莫測的勁力，令宋憲萬分難受，每一道勁力出現之後，都迫使他不得不狼狽招架。十幾個回合下來，宋憲被曹朋打得狼狽不堪，一時間無還手之力。

曹朋呢，似乎也發了狠，刀刀狠辣！

「住手，全都給我住手！」

就在這時，長街盡頭人聲鼎沸，一隊鐵騎風馳電掣般，從遠處疾馳而來……

章十五 虓虎

鐵騎正當中，一員大將，胯下赤兔嘶風獸，掌中方天畫戟。腰繫百花戰袍，外罩唐猊寶鎧，身披大紅色的斗篷，兩根火紅色的稚雞翎沖天起，如同一團火焰般，一馬當先衝在最前方。

「都給我住手！」

那一團火焰滾滾而來，巨雷般的吼聲，在長街上空炸響……

宋憲聽到這熟悉的聲音，不由得狂喜不已，他當然能聽得出來，這呼喝聲是出自什麼人的口中，心中暗道：小崽子，你要倒楣了。

於是乎，他竟然下意識的停手，全忘記此時此刻他正和曹朋在激烈的交鋒，生死搏殺。

曹朋也聽到了那一聲咆哮，不過他倒是沒有在意，所有的精神都集中在宋憲的身上。照夜白在曹朋手掌輕靈的拍擊下，領會了曹朋的心思，急速的奔行中，牠突然間再一次發力！

而這時候，宋憲居然分神了，似乎忘記了抵擋。曹朋雙手握刀，刀口朝外，身體在馬上傾側，大刀就橫在一旁。

「子遠，小心！」有人高聲叫喊。

子遠，是宋憲的表字。

宋憲這才反應過來，可曹朋已到了跟前。

鐵蹄踏地，噠噠聲響。

曹朋拖刀斜撩而起，一道冷芒撕裂空氣，帶著一股銳嘯聲，斬向宋憲。

這也是曹朋拉開距離的出手。刀光閃閃，刀氣森寒。宋憲回過神，森寒的刀氣已迫體而來，不由得大叫一聲，本能的提韁繩，胯下坐騎希聿聿長嘶一聲，呼的仰蹄直立。

而宋憲在馬上一縮脖子，雙手棄槍抱馬。刀光掠過，照夜白風馳電掣般從宋憲身邊衝過去，宋憲長出一口氣，一鬆手，卻聽戰馬發出一聲希聿聿的慘嘶，從馬胸口一直到脖頸處，血霧噴射。那一道，生生將戰馬開膛破肚，馬前蹄著地，順勢撲通就摔在了地上，鮮血汩汩流淌。

宋憲被馬屍壓著，浸泡在血水中，哇哇大叫。

「君侯，救我！」這一瞬間，他感覺好像是在生死線上徘徊了一圈，驚魂不定。

「小娃娃，大膽！」

曹朋撥馬盤旋，剛勒住馬，耳邊響起如雷巨吼，眼前只見一團火光跳動，風一般朝他撲來。馬上大將單手執畫桿戟，劈頭就砸向了曹朋。且不說其他，只那股氣勢，迫得曹朋幾乎要窒息了一樣。

是誰？

曹朋腦海中閃過一個念頭，抬刀封擋。

刀戟尚未交擊，一股駭人之氣如泰山壓頂般呼嘯而來。那可不是實實在在的力量，而是一種氣勢，一種曹朋說不清楚，道不明白，可心裡面很亮堂的氣勢……

氣勢這東西，說起來很玄妙。

所謂王霸之氣，根本就無法用言語來解釋清楚。

那員大將才一出手，曹朋就覺察不妙。這一下絕不能硬接，否則自己是死路一條。心中念頭一起，兩腳輕輕一磕馬腹，本來繃直的手臂，突然間呈現出一個詭異的彎曲弧度。

鐺一聲響，刀戟相交。

那排山倒海般的力量，險些讓曹朋握不住手中鋼刀。

他大叫一聲，把全身的力氣都運在丹田，照夜白也在刀戟交擊的一剎那間，前腿繃直，後腿微微彎曲，好像要坐下來一樣，馬身向下一沉。曹朋也藉著這一沉的間隙，側身讓過了畫桿戟，旋即大吼一聲，照夜白後腿猛然之力，身子一下子騰起。藉著照夜白騰身的力量，曹朋雙腳踩死馬鐙，兩膀一較丹田氣，呼的一下子從馬背上站起來，雙手緊握大刀，撲棱一聲貼著畫桿戟，拖刀斜撩，快如閃電，朝著那團火紅抹出去，面孔扭曲，格外猙獰。

「咦？」那員大將不由得發出一聲輕呼。聲音中，暗藏著一種讚賞，還有一絲絲怒意。

二馬錯開，曹朋和那員大將同時撥轉馬頭。曹朋的心，是怦怦直跳，冷汗順著後背流淌，打濕了內衣。

不身臨其境，絕無法體會到那種可怕的感覺。當一座山向你壓過來的時候，是一種何等可怕的氣勢！握緊大刀的手，不住顫抖，身體在一剎那間，好像虛脫了似的，也輕輕顫抖不停。嚥了口唾沫，曹朋抬起頭，定睛看去。

只見眼前一員大將，頭戴金冠，倒插稚雞翎。百花戰袍，唐猊寶鎧，腰繫獅蠻玉帶，身披一件錦緞子黑底紅面的披風，掌中一支畫桿戟。

那畫桿戟，粗有鵝蛋般，長近四米。雙耳小枝寒光閃閃，戟刃寬大，足有二十公分的寬度。戟桿是用麻鋼打造而成，黑幽幽，雕鏤盤龍回繞……

往下看，一匹赤兔嘶風獸，渾身毛髮火紅，沒有半點雜色。身長丈二，四肢強健，膘肥體壯。那碗口大的蹄子，噠噠噠敲打地面，口中不時發出響鼻聲，噴著氣，搖頭擺尾，宛如蛟龍出海一般，在對面走馬盤旋不止！

赤兔馬，興奮了……

一匹好馬，和人一樣，有靈性。牠們同樣渴望遇到對手。只不過，似赤兔嘶風獸這樣的寶馬良駒，一般來說很難遇到對手，否則，這好馬不就是到處可見了嗎？

而今赤兔馬遇到了照夜白，好像棋逢對手一般。

不只是赤兔馬興奮，照夜白也很興奮。若非曹朋死死拉住轡繩，說不定牠已經衝過去，和赤兔一較高下。

兩匹龍馬，不時發出低聲咆哮，好像在向對方挑戰。

而赤兔馬上的那員大將，威風凜凜，殺氣騰騰。跳下馬，身高約在兩米上下，體格魁梧而強健，但又不像典韋、許褚那般膀闊腰圓。一雙虎目，炯炯有神，斜插鬢角，透著英武氣概。那張臉，稜角分明，恍如刀削斧劈般，線條充斥著陽剛之美，令人不由得為之讚嘆。

「小娃娃，身手不差！」那員大將冷厲喝道，聲音格外洪亮。

這時候，跟隨在他身後的兩員大將也衝過去，生生把許儀、典滿，和魏續、侯成兩組人馬分割開來。兩邊扈從也隨之分離，各自在主家身後，一個個怒目橫眉。

雙方各有死傷，但總體而言，卻是侯成的人馬吃了一點小虧……

侯成死了三個扈從，並有十餘人重傷；而曹朋這邊，死一人，傷七人，情況並好不到哪裡。

「君侯！」侯成、魏續兩人在那員大將跟前，拱手行禮。

與此同時，宋憲也被人從馬屁下拽了出來，渾身血淋淋，一瘸一拐的過去，向那大將行禮。

人群外，一個老者在一個中年男子的陪同下，站在一輛馬車上，負手觀戰。

「元龍，那三個小娃娃，什麼人？」

「呃……那個白臉娃娃我好像認識。」

「哦？」

「此前孩兒去許都時，曾在毓秀樓和他見過面。當時還差一點惹出衝突……這孩子名叫曹朋，其父曹汲，據說是隱墨鉅子，如今在曹公帳下，擔當少府諸冶監監令，造的一手好刀，能斷二十劄。最厲害的是，那曹汲在三個月，便造出了三十餘口斷二十劄的寶刀，非常厲害。」

「曹雋石嗎？」老者點頭，「我倒也聽說過此人……呃，我想起來了，這小娃娃是隨著鄧叔孫去了海西縣，對嗎？」

「應該是吧。」

「鄧叔孫做的不差。」老者話鋒突然一轉，目光朝曹朋看去。「走吧。」

「父親，咱們不管嗎？」

「放心吧，君侯驍勇，卻非以大欺小之人。」

「哦……既然如此，那請父親回車。」

中年人攙扶老者進車廂裡。不過老者突然又停下，扭頭對中年人道：「那小娃娃，不錯。」

「哦？」中年人一怔，想要詢問。可老者趁這工夫，已經進了車廂。

「小娃娃，哪個讓你來此鬧事？」馬上大將並沒有理睬侯成等人，單手拖戟，勒馬而喝。

曹朋這個時候，努力平定了一下心中的情緒，催馬上前三步。

照夜白上前使得赤兔馬更加興奮，噠噠噠連進三步，馬上大將口中一聲呼喝，才算是停下。

曹朋深吸一口氣，捧刀拱手，「敢問，可是溫侯當面？」

那雙眸子，半眯起來。大將看著曹朋，上上下下打量，半晌後沉聲道：「正是！」

溫侯是何人？

就是那世之虓虎，呂布呂奉先。

曹朋不由得暗自一聲讚嘆：果然是人中呂布，馬中赤兔。

他再次拱手，「下官海西兵曹，曹朋。此次前來下邳，乃奉縣令之命，前來為君侯道賀。哪知道一進城，就被三位將軍盯上，要強搶下官坐騎。下官雖非什麼好漢，可也不是任人欺凌之輩，故而與三位將軍起了衝突。」

「哦？」呂布聽聞，扭頭向侯成、魏續看了一眼，鼻子裡冷哼一聲。

侯成、魏續、宋憲三人不由得羞臊的滿臉通紅，一個個低下腦袋。

呂布回過頭，看著曹朋道：「果然好馬……既然他們看上了你的馬，你現在交出也不遲！」

曹朋聽聞，臉色一變。

侯成等三人卻面露喜色。先前兩個分開許儀、典滿的將領，縱馬上前想要說話，卻見呂布一擺手，示意他們不要開口。

「小娃娃，給你們兩條路。交出馬，留爾等活命；否則的話，就留下命來。」

「呂布，休要張狂！」典滿大怒，雙鐵戟一分，催馬就要衝過去。

呂布看到典滿手裡的雙鐵戟時，不由得一怔，眼中流露出若有所思之色。

曹朋抬手攔住了典滿，「三哥，少安勿躁。」

典滿咬了咬牙，勒住戰馬。

「典韋是你什麼人？」呂布突然大喝一聲。

典滿一怔，一挺胸膛，驕傲的說：「正是家父！」

「居然是惡來之子……」呂布不由得哈哈大笑，「本將軍最敬豪勇之士。想當年你父親與我鏖戰百合，不分勝負，也端地是一條好漢。也罷，看在你父親的面子上，我饒你一回。你們兩個，又怎麼說？」

許儀和曹朋相視一眼，同時催馬上前。

曹朋道：「君侯想要強奪我的馬兒，那就看君侯有沒有這等手段。」

許儀冷笑一聲，「大丈夫可殺不可辱，呂布你休要廢話，想要我的黑龍，先殺了我再說。」

兩人一左一右，一個捧刀端坐馬上，一個拖刀虎視眈眈。

說實話，曹朋知道自己不是呂布的對手，可心裡卻有一種說不出的衝動，想要和呂布大戰一場……男兒大丈夫，又豈能不戰而低頭？

呂布露出猙獰笑容，畫桿戟驀地掄起，生生在半空中停住，戟尖遙指兩人，「三招之內不取爾等性命，今日之事，就一筆勾銷。」

「正要領教君侯高妙。」曹朋說著話，單手執刀，刀尖朝下。

「且慢！」典滿縱馬來到曹朋和許儀中間，雙鐵戟執在手裡，看著呂布，躍躍欲試。

「小娃娃，本將軍看在你父親的面子上，饒你一回……休要再來送死。」

「我等小八義自結義那天開始，不求同年同月同日生，但求同年同月同日死，我豈能貪生怕死？」

呂布身後兩員大將，不由得露出讚賞之色。

而呂布的臉色卻變了，驟然間殺機凜然，「如此，我就送爾等上路！」

沉甸甸的畫桿戟遙指曹朋等人，那股駭人的殺機直撲而來。周圍看熱鬧的人，嚇得是連連後退。而曹朋三人的臉色也都隨之變了……變得很難看！因為在這一刻，他們都感受到了呂布給他們帶來的可怖威壓。那是一種信念，一種說不清楚、道不明白的詭異力量。

或者說，那是一種精神上的攻擊，一種精神上的壓迫。

呂布跨坐赤兔馬上，在一剎那的工夫，好像與天地相合。畫桿戟指著三人，他還沒有動，曹朋三人就感覺到自己好像被呂布牢牢鎖住了一樣，難以躲閃。

這才是虓虎之威嗎？

曹朋心裡暗自驚呼。一個簡簡單單的動作，卻造成了無窮的壓迫。剛才他和呂布雖然過了一招，可現在看來，呂布剛才根本就沒有施展全力。

媽的，這傢伙的氣場實在是太過於強悍了！

曹朋的額頭冷汗淋漓，緊握住刀柄的手心也滲出了汗水。

不僅是他，典滿和許儀也都感受到了那股可怕的威壓。但他們的情況比曹朋好一些，畢竟論功力，他們要強過曹朋。曹朋那張臉微微發白，不過掌中的大刀卻格外沉穩。

呂布厲聲喝道：「小娃娃，現在下馬，猶未晚矣。」

他聲音冷厲，每一個字出口，氣勢就強上一分。

那氣勢越來越強，曹朋感受到的壓力越來越大。突然他一聲暴喝：「溫侯要戰，便來戰！」

七個字從他口中呼喝而出，在一剎那間，產生了巨大的力量。曹朋在呂布那強橫的氣勢壓迫下，竟突然間爆發了。七個字，以真言之法呼喊出來，隱隱間使得呂布的氣場有些紊亂。

呂布不禁一怔，臉上殺氣更重：「再說一次，下馬！」

「某家寧可站著死，也絕不屈膝跪著生！」曹朋手中大刀在半空中不斷畫出圓弧，猛然大吼一聲，催馬衝向呂布。

與此同時，許儀的黑龍和典滿的大宛良駒齊聲嘶鳴，三匹馬成品字形朝著呂布衝過去，竟生出一股悍勇無比的慘烈之氣。呂布身後的兩員大將都是身經百戰之人，也不由得變了臉色。

「溫侯，手下留情！」兩人齊聲高呼。

赤兔馬恰恰在這時候一聲長嘶，騰身而出。呂布後發而先至，畫桿戟夾帶無匹巨力，呼的落下，竟然將曹朋三人的聯手合擊消解於無形之中。

鐺鐺，兩聲巨響。戰馬長嘶……

典滿和許儀手中的兵器，在瞬間被呂布崩飛出去，而畫桿戟卻毫不停頓，朝著曹朋劈頭落下。曹朋雙手握刀，一刀劈在那小枝上。可是畫桿戟巨大的力量，直接將他的暗勁摧毀，雙手虎口迸裂，大刀匡啷一下，就跌落在了長街地上。

「爹，你住手！」一聲嬌呼，突然響起。

而曹朋卻毫無所覺，此時此刻，他完全被呂布那一戟之力所籠罩。

一力降十會！

這就是他媽的一力降十會！

在絕對的實力面前，任何花招都不可能產生作用……曹朋心中感慨：竟小覷了古人。

畫桿戟驀地停下，正架在曹朋的肩頭。

一個少年將軍從酒樓裡衝出來，在他身後，還跟著一個丫鬟。

「爹，你怎能不講道理……明明就是魏叔叔他們不對，看上了別人的馬，卻又打不過人家……我回去告訴娘，爹你又欺負人了。」

這少年將軍，居然是呂布的兒子？

呂布一見這少年，臉上的殺氣頓時煙消雲散。大戟呼的抽了回去，催馬過去，到少年身邊俯身一把將少年抱起，跨坐在赤兔馬上。

「爹哪又欺負人，不過是與他們戲耍而已……嘿嘿，玲綺我兒，不好好在家裡讀書，怎地又偷偷跑出來？等回去，定要告訴你小娘，讓她好生管教你才是。好了好了，咱們回家去。」說罷，呂布撥轉馬頭就要走。

而曹朋此時，才將將清醒過來，冷汗已濕透衣襟。

「君侯，那馬……」宋憲巴巴的叫喊道。

魏續和侯成恨不得抽他一巴掌，到這個時候了，你還提什麼馬？

呂布勒馬，回頭冷冷看了宋憲一眼，「爾等若有本事，只管去搶，與我有何關係？」

「可是……」

「子遠，閉嘴，別再丟人了。」魏續惡狠狠的咒罵一句，臉上卻露出了一絲苦澀的笑容。

今天這臉，可真是丟大發了……

呂布罵完了魏續，目光落在了曹朋三人身上。他突然笑了，「三個娃娃，本事不差……想當初，惡來也未能擋住我這一擊。若非他身披三層重甲，說不定現在……呵呵，方才與爾等相戲爾。若你等心有不滿，他日可再來一戰。」

說罷，呂布對身後兩員大將道：「文遠，叔龍。」

「喏！」

「找個人，帶他們去驛館……」一看就知道是三個沒出過門的娃娃，帶這麼多東西，竟不知先找地方落腳。著人好生安置，可別讓人說我呂布不曉禮數。」

兩員將領相視一眼，拱手應命。
呂布帶著那少年，領著親隨絕塵而去。
曹朋腦袋仍有些發懵，只覺耳朵邊上，嗡嗡的響個不停。
這一戰，比之和雷緒那一戰更可怕。和呂布比起來，雷緒簡直是個渣……三人聯手，三個人聯手，居然不是呂布一合之敵！這就是三國第一武將嗎？曹朋心裡不由得暗自苦笑。
他向典滿、許儀看去，從他二人的臉上，看到了濃濃的失落……
其實，曹朋自己何嘗又不失落？
魏續三人羞紅了臉，帶著人，抬著屍體和傷者，狼狽離去。
兩個將領催馬來到曹朋三人跟前，看三人仍失魂落魄，不由得相視而笑，隨後輕聲嘆口氣。
「某家張遼！」
「某家曹性……」
「三位，君侯有命，讓我們陪你們去驛站，走吧。」
「哦……」回應兩人的，卻是三個有氣無力的聲音。
有隨從過去把三人的兵器都拾起來，曹性又派人去請了大夫，好為傷者診治。至於那死者，也一同帶去驛館，同時準備棺槨。那都是好漢，總不成讓他們曝屍荒野。到時候，會有人將棺槨送到指定之處。

曹朋這時候也清醒過來，朝著兩人拱手道謝，「多謝二位將軍。」

慢著……

曹朋心裡一震，抬起頭來看著兩人：張遼，張文遠？還有曹性？

章十六

膽大包天

張遼，字文遠，並州雁門馬邑人，年二十八歲。

如果推論族譜，張遼的祖上是漢武帝時期，馬邑首富聶壹。此人曾發動馬邑之謀，試圖引誘匈奴人上當，但最終以失敗告終。此後聶壹後人為躲避仇家以及匈奴人的追殺，便改姓為張。在雁門郡當地，馬邑張氏雖然不是什麼世家大族，但也算得上是不大不小的豪強。

張遼年少時被舉薦郡吏，因武力過人而被丁原徵召，後歸附董卓和呂布麾下，號八健將之首。同時，他也是後來曹操帳下的五子良將之一。

而曹性……更具傳奇！

說實話，在此之前，曹朋一直以為曹性死了。

他知道曹性，可不是因為同姓。羅大糊弄的《三國演義》裡，曹操與呂布交鋒時，夏侯惇出陣迎敵，被曹性躲在旗門下施冷箭射瞎了一隻眼睛。時至今日，曹朋仍記得《演義》中的片段——夏侯惇拔下冷箭，發現眼珠子也被拔了出來，於是大叫一聲：父母精血焉能棄之，於是將眼珠子吞下去，拍馬舞槍，在眾目睽睽之下衝到呂布軍門旗下，一槍扎死了嚇破膽的曹性。

這一段情節，叫做拔矢啖睛。評書大師袁闊成在講這一段故事的時候，講得是熱血沸騰。

可沒想到，曹性居然還活著……

曹性是沛國人，祖上在早年間遷移並州。他和呂布帳下八健將之一的郝萌是同鄉，關係非常好，一直在軍中充當郝萌的副手。

夏侯惇的那隻眼睛，的確是被曹性射瞎。論箭術，整個呂布軍中除了呂布，就以曹性最強。

建安元年，八健將之一的郝萌受袁術所惑，密謀造反，意圖奪取下邳。

那一次，郝萌險些成功，率部幾乎攻破了下邳的內城。因事發突然，呂布倉皇而逃，途中遇魏續部將高順，而後復奪下邳。曹性後來才知道事情原委，便立刻起兵捉拿郝萌。兩人鏖戰，郝萌傷了曹性，卻被曹性斬了一隻手臂，後來高順趕過來，一刀便砍下了郝萌首級。

後呂布詢問，曹性據實回答。呂布因此而將曹性引為心腹，令其統帥郝萌所部兵馬。

張遼、曹性，如今都是呂布手下極為信賴的將領，甚至算得上是能夠獨當一面的人物……也就是說，夏侯惇拔矢啖睛，純屬虛構。而曹性在《演義》中那小人舉措，明顯也是羅大糊弄杜撰出來……《三國演義》害死人啊！

曹朋一開始，因為被呂布一招秒殺，被打擊得失魂落魄，故而並沒有留意兩人的姓名。可是當他清醒過來以後，不禁心裡一震。「有勞兩位將軍辛苦，實曹朋之罪。」

「哈，這又算得什麼呢？」張遼笑道：「倒是三位小將軍好武藝，魏續、侯成和宋憲的武藝不弱，三位小將軍竟然能將他三人壓制，果然是英雄少年。叔龍，比起來，咱們卻是老了。」

張遼相貌英武，頗有北地男兒陽剛之美。面容稜角分明，不過線條比之呂布，柔和許多。曹性呢？身材不高，大約只有一七〇上下，說起話來柔聲細氣，很溫和，似乎不帶火氣。

不過，知道這兩位的人都明白，這兩位也是殺人不眨眼的主兒。

特別是張遼，在呂布軍中地位很高，曾任北地太守，並且獨領一軍。

呂布手下，有幾個獨領一軍的人物。其中最為精銳的陷陣營，由魏續統領；張遼領一軍，平日駐守彭城；除這二人外，還有一個獨領一軍的人物，那就是泰山賊出身的八健將之一，臧霸。

曹性呢，平時領兵駐守下邳郡的下相縣，其主要任務，就是監視廣陵。雖然也獨領一軍，但實際上是受呂布節制，也算得上是一支比較精銳的人馬……

曹朋連忙客套，而後好奇問道：「敢問兩位將軍一件事？」

「何事？」

「方才從酒樓中出來的將軍，又是哪位？」

曹朋總覺得，那少年將軍有點娘，而且呂布對他的態度，好像也非常古怪。

張遼和曹性聽曹朋這一問，都忍不住笑了。「哦……你是說玲綺？呵呵呵……」

兩人笑而不答，讓曹朋一頭霧水。

曹性說：「待明日，你自然能知道她的身分。」

這年頭的人名，雌雄難辨。如果你單聽夏侯蘭這個名字，斷然想不到會是一個赳赳武夫。還有張繡啊、褚飛燕……總之這名字取得千奇百怪，加之曹朋的心思並不在此，所以也沒有在意。

張遼和曹性把曹朋一行人送到驛站，並囑咐驛官妥善安排。

「小兄弟，你的名刺可帶著？」

「呃，帶著呢。」

曹朋連忙把名刺連同禮單遞給張遼，張遼接過來也沒有看，朝他點了點頭，便告辭離去。

「海西那邊，可是複雜得很呢。」

曹性沒有急著走，笑咪咪的看著曹朋。給人的感覺，他不是一個刺客，而像是一個和善的兄長。曹朋也覺著曹性很親切，於是在驛站的大門口，和曹性交談起來。

「嗯，的確是複雜。」

「那還習慣嗎？」

「還算習慣……不管怎麼說，如今勉強在海西站住了腳跟。」

「嗯，那就好！」曹性溫言道：「先別急著做什麼事業，有些事情急不得，需慢慢來才可以。之前聽說也有幾位縣令，也都有本事，可沒有一個人能站住腳……對了，鄧海西……」

「哦，忘記說了，家姐夫正好不在海西，估計要幾日才能返回。我也是害怕耽擱了時辰，所以就冒昧前來……家姐夫如今還在淮陵，甚至還沒有得到消息。」

「令姐夫是……」

「就是鄧海西。」

曹性露出恍然之色，「那倒也不奇怪。」

兩人又閒聊兩句後，曹性告辭離去。曹朋呼出一口濁氣，邁步走進驛館，原本想去自己的院落，沒想到迎面走來一名男子。由於他是從一旁突然出現，曹朋閃之不及，和對方撞在一處。

「啊！」男子一個踉蹌，險些摔倒在地。

曹朋忙伸手攙扶住他，「先生，無礙？」

「一時走的匆忙，衝撞了小將軍，還請見諒。」男子很客氣，拱手向曹朋道歉。

曹朋也只是笑了笑，側過身讓出一條路。

而那男子似乎有急事要出門，所以也沒有贅言，道了聲謝，拱手便匆匆離去……

「剛才那人是誰？」曹朋看著男子的背影，輕聲問旁邊的驛卒。

「小將軍說的是孫公佑嗎？」見曹朋一臉疑惑，驛卒連忙解釋：「此人名叫孫乾，字公佑，是鎮東將軍玄德公使者。」

「劉備？」

「正是！」

曹朋不禁有些奇怪了，問道：「玄德公不也剛班師回沛縣，也要派使者前來道賀不成嗎？」

驛卒搖搖頭，「那倒不是，公佑先生已來了些時日。不過正好趕上君侯凱旋，所以留下來道賀。他平時很少出門，今天怎麼看上去是行色匆匆？」

聽得出，這驛卒對劉備很尊敬。曹朋笑了笑，並沒有問下去，只是感覺有些奇怪，前段時間劉備還在和曹操夾擊袁術，這孫乾怎麼突然間跑到下邳縣呢？

孫乾，青州北海人，是當代經學大師鄭玄弟子。最初得鄭玄舉薦，是在當時的北海太守孔融帳下出任從事。後來劉備向孔融借兵，馳援徐州，孫乾便隨著一同前來，此後便留在了劉備身邊。歷史上，這個人可說得上是劉備手下第一流的外交官，在劉備未發跡之前，做出了許多貢獻。不過後來，隨著諸葛亮崛起，漸漸銷聲匿跡。

孫乾這個時候出現在下邳，有什麼事情嗎？曹朋搔搔頭，邁步走進了跨院。

下邳驛館的環境條件不差，小跨院很寬敞，也很幽靜。

幾名傷者已經被送去醫館救治，一群奴僕正在裡面收拾房間。而典滿和許儀兩人，則呆呆的坐在臺階上，都是垂頭喪氣，看上去似乎是有些心灰意冷。

曹朋一怔，走過去在兩人身邊坐下。「二哥、三哥，你們這是……」

許儀抬起頭，一臉的糾結狀，「阿福，我是不是很無能？」

「為什麼這麼說？」

「一招，我們三個人一起上，在呂布面前連一個回合都沒撐住……我這心裡面，很難受。」

「我也是！」典滿抬起頭來，同樣很頹廢。「小時候，我爹不在家，我跟著世父習武，也算是從小開始。這些年來，我勤學苦練，自以為本領高強……爹也說我進步很大，可是……阿福，我丟了我爹的臉面，連一個回合都沒有打完。你說說，我們這樣練下去，還有沒有用處呢？」

曹朋頓時明白了！呂布那一擊，使得這兩個從未受過什麼挫折的人，受到了從未有過的打擊，以至於心裡面產生了陰影，居然有些心灰意冷。不過想想也能夠理解，辛苦練了這麼多年，到頭來一個回合就輸了。如果曹朋不是重生過來的人，說不定也會因此而感頹廢。

曹朋猶豫了一下，伸手搭在兩人的肩頭，勾住兩人的脖子。

「聽說過高祖與西楚霸王的故事嗎？高祖當年斬蛇起義，消滅暴秦，與西楚霸王相爭。西楚霸王厲害不厲害？一開始，他打得高祖連連敗北，有好幾次差點就丟了性命。可是後來，西楚霸王敗了！為什麼？因為高祖不服輸，他不肯放棄，一直堅持到了最後。雖百戰百敗，但到最後，卻一戰功成。我們不過輸了一陣而已，又算得了什麼？溫侯驍勇之名，天下皆知。你們想想開，單以勇武而言，天下間有多少人能打得過呂布？就算是典叔父，還有許叔父，也不敢拍著胸脯說，一定能打敗他。」

「咱們輸了，其實並沒什麼，接著練！咱們才多大年紀，呂布多大年紀？等咱們到了他那個年紀，未必就會輸給他……可如果你們現在就放棄了、絕望了，認為一輩子都贏不了他，那才是真正的輸了！我差點被他殺死，可是我並不覺得頹喪。我倒是覺著，和他打了這麼一回，收穫頗豐，以後也有了一個方向。反正啊，我是不會認輸的！你們如果現在就低頭了，以後就別想再挺起胸膛，那樣一來，才是真真正正丟了叔父們的臉面。」

說罷，曹朋站起來，笑呵呵說道：「一次不成，兩次；兩次不成，三次、四次……這天底下，沒有長勝不敗的人，更沒有真正的天下第一。天下第一就是我，我才是真正的虓虎。」

許儀和典滿慢慢抬起頭。兩人看著曹朋，突然笑了起來……

「呸，憑你也敢自稱天下第一？日後這天下第一，是我！」

「不對，是我！」

典滿和許儀又恢復了往日的那份豪壯，令曹朋感到很欣慰。

「好了，咱們先安頓下來。今天這番禍事，著實有些麻煩……不如這樣，你們先安撫一下大家，傷亡嘛……還是送回老家靜養比較好。若是你們不想留下來，這次也可以一同回去。」

「呃……我才不想回去。」

「二哥，這馬上就要到辜月，再過一段時間，可就是新年了。」

「那又怎樣？回去還不是天天待在家裡，哪有在外面過得快活？」

典滿也連連點頭，「大哥如今整天待在軍營，也見不到人；老四和老六，一個在洛陽，一個去了長安。我家那麼大，可是空蕩蕩的沒什麼人……回老家，母親肯定又要嘮叨我，還不如在海西舒坦。你和老五、老七都在這邊，咱們湊在一起，也可以打打麻將，說鬧一番……說起來，我們可是很久沒有打過麻將了！」

曹朋開始佩服典滿了。這貨思路跳躍的也太厲害了吧……怎麼這一眨眼，從『天下第一』變成了打麻將？

許儀也連連點頭，「是啊，從許都出來到現在，我們可是一場都沒打過。」

「呃……三缺一，三缺一！」曹朋哭笑不得，「要不咱們回海西再打？」

「好吧，咱們回海西，一定要好好打它一場麻將。」

曹朋轉過身，輕輕拍了拍額頭。這兩位，還真是能想得開啊……

【曹賊　卷六　初生犢不畏虎　完】

曹賊/ 庚新作. -- 初版. --新北市：
華文網，2011.09-
冊； 公分. --(狂狷文庫系列)
ISBN 978-986-271-187-3(第6冊：平裝). ----

857.7 100014664

三國風雲之

曹賊

卷之陸

初生犢不畏虎

庚新 著

超合金叉雞飯 繪

狂狷文庫006

曹賊06-初生犢不畏虎

出版者■典藏閣
作　者■庚新　繪　者■超合金叉雞飯
總編輯■歐綾纖
製作團隊■不思議工作室
郵撥帳號■50017206 采舍國際有限公司（郵撥購買，請另付一成郵資）
台灣出版中心■新北市中和區中山路2段366巷10號10樓
電　話■(02)2248-7896　傳　真■(02)2248-7758
物流中心■新北市中和區中山路2段366巷10號3樓
電　話■(02)8245-8786　傳　真■(02)8245-8718
ISBN■978-986-271-187-3
出版日期■2012年07月
全球華文國際市場總代理／采舍國際
地　址■新北市中和區中山路2段366巷10號3樓
電　話■(02)8245-8786　傳　真■(02)8245-8718
新絲路網路書店
地　址■新北市中和區中山路2段366巷10號10樓
網　址■www.silkbook.com
電　話■(02)8245-9896
傳　真■(02)8245-8819

☞您在什麼地方購買本書？☜

□便利商店__________□博客來 □金石堂 □金石堂網路書店 □新絲路網路書店

□其他網路平台__________□書店__________市／縣__________書店

姓名：__________地址：______________________________

聯絡電話：__________電子郵箱：______________________________

您的性別：□男 □女

您的生日：__________年__________月__________日

（請務必填妥基本資料，以利贈品寄送）

您的職業：□上班族 □學生 □服務業 □軍警公教 □資訊業 □娛樂相關產業

□自由業 □其他__________

您的學歷：□高中（含高中以下） □專科、大學 □研究所以上

☞購買前☜

您從何處得知本書：□逛書店 □網路廣告（網站：__________） □親友介紹

（可複選） □出版書訊 □銷售人員推薦 □其他

本書吸引您的原因：□書名很好 □封面精美 □書腰文字 □封底文字 □欣賞作家

（可複選） □喜歡畫家 □價格合理 □題材有趣 □廣告印象深刻

□其他__________

☞購買後☜

您滿意的部份：□書名 □封面 □故事內容 □版面編排 □價格 □贈品

（可複選） □其他

不滿意的部份：□書名 □封面 □故事內容 □版面編排 □價格 □贈品

（可複選） □其他

您對本書以及典藏閣的建議______________________________

____

____

✌是否願意收到相關企業之電子報？□是 □否

✎感謝您寶貴的意見✎

✌From__________@__________

♦請務必填寫有效e-mail郵箱，以利通知相關訊息，謝謝♦

印刷品

$3.5
請貼
3.5元
郵票
不思議信局
FUSIGI POST

235 新北市中和區中山路二段366巷10號10樓

華文網出版集團　收

（典藏閣－不思議工作室）

三國風雲之

曹賊

卷之陸

初生犢不畏虎

庚新 著

超合金叉雞飯 繪